光文社文庫

月と太陽の盤
碁盤師・吉井利仙の事件簿

宮内悠介

光　文　社

目次

青葉の盤

冬の時期には、山びとが山苞《ヤマヅト》を持つて出て來る。山苞の中の寄生木《ホヤ》（昔はほよ）は、魂を分割する木の意味でふゆと言ふのである。初春の飾りに使ふ栢《カヘ》（榧）も、變化の意で、元へ戻る、卽、囘・還の意味である。（中略）栢の木は、物が元へ戻る徵《シルシ》の木であつた。此木をもつて、色々の作用を起させる。魂の分割の木は、寄生木で、春のかへる意味に、栢が使はれるのである。かう言へば、段々年末から春へかけての植物の説明が附いて來る。

此等の木は、たぐさとして、呪《ノロ》ひをする木と言ふ事である。たぐさは踊りを踊る時に、手に持つ物で、呪術の力を發揮するものである。

――「古代研究」（折口信夫、一九二九年）

1

朝露に登山靴が濡れた。陽光が木々に遮《さえぎ》られ、ぼんやりと森の底を照らしている。その一帯に、榧《かや》の木の甘い香りがたちこめていた。前を歩く利仙《りせん》が、榧の大木を前に立ち止まるのが見えた。幹はまっすぐ天に伸び、頭上高くに枝が茂っている。

鳥が鳴いた。

山口の山中である。先頭を歩いていた仲介業者が、「この木です」と言うのが聞こえた。利仙は木の幹に触れ、それからそっと耳を当てた。

愼《しん》は荷物を下ろす。

業者の男が、怪訝《けげん》そうな顔を振り向かせた。

「先生は何を？」

「水音を聴いているのだと思います」

利仙が木に耳を当てる姿を、愼は幾度か目にしている。一見すると立派な木も、内部がどうなっているかは目に見えない。だから、せめて音を聴こうというのだ。真似をして耳をつけてみたこともあるが、専門でない愼には、違いがあるのかどうかもわからない。

利仙は五十一歳。

碁盤師である。

よい立木があるという話を聞くと、こうやって遠地にまで足を運ぶ。これだと思えば、切り、盤として仕上げる。しかし、棋士や限られた趣味人のための道具である。ウェブでの対局も普及した。立木から材を選び、すべてを一人で仕上げる碁盤師は、数えるほどしか残っていない。

吉井《よしい》利仙はそのうちの一人である。

秋山《あきやま》碁盤店の三代目、利仙は号。

一年のほとんどを山から山へ移動し、立木を見る時間にあてている。あまりに家を空けているため、連絡がつけば幸いと逆に話題になったくらいだ。

そのうちに誰が呼んだか――放浪の碁盤師。

利仙は木から身体を離し、まっすぐに幹を見据えていた。そうすれば、透けて見えるとでもいうように。彼が言うには、良材だと思ったはずが、見立て違いだったこともある。よくないと思った木に、別の碁盤師が目をつけ、すばらしい盤を仕上げることもある。

当たるも八卦《はつけ》、当たらぬも八卦。

木の選定は、博奕《ばくち》なのだそうだ。

まだしばらくは待たされそうだ。業者の男性に、愼は小声で話しかけた。

「専門は榧ですか。僕は黒柿《くろがき》が好きなんだけど」

かつて知人の家で、一枚板の衝立《ついたて》を見せられたことがあった。一面が緑がかった黒色で、あまりに色鮮やかだったので材を訊ねたところ、黒柿だということだった。

「いえ、黒柿は……。一度、見間違えたことがありまして」

「柿を見間違える？」

このとき頭上で枝葉がざわめいた。榧を住処にしていた鼯鼠《むささび》が、皆の目の前で飛び立ったのだ。鼯鼠は木から木へ移り、やがて森の奥に消えた。

集中を切らしたのか、利仙が愼の疑問に答えた。

「柿は土中のミネラルを吸い取る性質があります。このため、ごくまれに鮮やかな黒に染まる。これが高級材の黒柿です。しかし榧と同じで、切ってみないことにはわからない」

「それで、先生」業者が身を乗り出した。「その立木はいかがでしょう？」

「切らぬがよいでしょう」

やや名残惜しそうに、利仙が答えた。

「見事な木ですが、盤作りには適さない。愼、神主にお断りを」

「了解」

愼は電話を取り、手配していた神主に断りの連絡を入れた。

椹は何百年という樹齢を重ね、はじめて囲碁盤を切り出せるだけの大きさに育つ。そのような大樹の命を断つのだ。

だから、利仙は木を切る際に必ず神主を呼ぶ。

「見こみはありませんか。木の持ち主も、期待していたのですが……」

男はしばらくぶつぶつとつぶやいていたが、やがて諦《あきら》めて一枚の名刺を差し出した。

「気が変わりましたら、こちらへ」

利仙は気のない様子で名刺を受け取ると、もう少し山を散策したいので、帰りの案内は必要ない旨を告げた。利仙の健脚についていくことを思うと憂鬱《ゆううつ》だったが、反対する理由もない。慎はふたたび荷物を担ぎあげた。

木々は新しく芽を吹きはじめていた。まもなく、椹も小さな花を咲かせるだろう。

小石が靴に当たって跳ね、谷底に吸いこまれていった。

濡れた樹枝をかきわけながら、ふと、「こっちだよ」といういざないを聞いた気がした。

「先生、いま何か？」

「椹の声でも聞いたのでしょう」

利仙が言うと、冗談か本気かもわからない。

陽は真上に昇ってきていた。

利仙は馬蹄形に大きく湾曲した切り株を見つけると、

「ここがよいでしょう」

腰を下ろし、荷物から昼食の握り飯を出した。朝、駅の売店で買っておいたものだ。

「立派な木だね」

愼はつぶやいて、利仙と向かいあう形で、切り株の内側に坐った。

切り株の窪《くぼ》みは洞《うろ》の跡のようだ。空洞の部分だけでも、直径一メートルほどはある。それが、土や枯れ葉で埋もれていた。木の切断面を利仙がそっと撫《な》でた。

「これは……」と利仙が眉《まゆ》をひそめた。「何か変です……」

利仙の目は洞の虚空《こくう》に向けられている。

愼は水筒に口をつけ、視線を下ろした。樹齢にすると、四百年ほどだろうか。これほどの榧は、もうほとんど見つからないそうだ。

――採り尽くされたのだ。

加えて、盤の需要は減り、機械彫りの出現とともに職人の数も減った。遅かれ早かれ、盤を作ってはいられなくなると利仙は判断した。そこで、職人としての幕を引くべく、最後の作となる究極の盤を作りたいと考えた。

碁盤師としての技術の粋を集めた、魔力を孕《はら》む榧盤を。

そして、最高の榧を求めて彷徨《さまよ》っているとのことだ。

「……どうして、碁盤は榧じゃなきゃいけないんだろう？」

慎は思い切って訊ねてみた。

「わざわざ神主を呼んで、それも樹齢数百年という木を切るくらいなら、ほかにいくらだって選択肢があるような――」

「もちろん、榧だけとは限りません」穏やかに利仙が答えた。「ほかの材では、たとえば桂や新カヤ、中国榧などがあります。ところが、桂はよい素材ですが、榧と比べるとやや色彩が暗い。新カヤは盤としては油の含有量が少なく、使ううちに、表面が乾いて荒れていく」

中国榧は油が多く香りもよいが、硬く、碁を打っているうちに手が疲れることもある。

打ち味、音、香り、寿命。

「こうした条件をあてはめていくと、おのずと日本榧に行き着くのです」

利仙は言う。日本榧は絹のような手ざわりで、打ち味は柔らかく、いくら打っても疲れが来ない。それでいて木質は硬く、石音《いしおと》の響きには透明感がある。

洞に顔を近づけると、魔除けにも使われたという清冽《せいれつ》な甘い香りがする。榧製の盤にはそれだけで魔力があり、一度それで碁を打ってしまうと、なかなかほかの盤には戻れないのだと。

「ううん」慎は唸《うな》った。「僕は、碁さえ打てればいいと思うんだけど」

「よい日本榧であれば、仕上がり次第では一面一千万になります」

「一千――」

そんなに高いのか。

愼は意見を変えた。

「先生、さっきの榧、やっぱり切らない？」

――愼は十六歳。

囲碁棋士である。しかし、棋具のこととなるとわからない。実際に木製の盤に触れるのは〈八方社《はっぽうしゃ》〉で碁を打つときのみ。物心ついたときには、コンピュータで碁を打っていた。

将来を嘱望される、若手の稼ぎ頭である。

それがあるとき、一枚の棋譜に心を打たれた。昭和の終わりごろの、タイトル戦の二次予選だった。黒番が相田淳一《あいだじゅんいち》、当時十八歳。対する白番は、吉井利正《としまさ》、三十二歳――のちの利仙だった。

利仙は棋士だったのである。

碁盤師としては、そのことが幸いした。仲の良かった棋士や、かつての指導碁の相手が盤を求めてきたからだ。

愼が見た棋譜は、利仙の負けであった。記録では中押《ちゅうお》し負け。それが、利仙の最後の公式試合となっている。やがて利仙は跡取りのなかった秋山碁盤店に弟子入りし、五年の修業ののち、三代目を襲名した。

しかし、慎が魅せられたのは、碁盤師でなく、棋士としての利仙だった。引退間際の碁とは思えないほど、利仙の打ち回しは創意に溢《あふ》れ、瑞々《みずみず》しい構想に満ちていたのだった。

だからいま、手合《てあい》の合間を見て利仙につきまとっている。

指導碁を打ってもらおうというのだ。ところが利仙は言う。碁は打たない。少なくとも、究極の盤を作るまではと。そしていつの間にか、うまいこと弟子のように使われている。

なぜ碁を打たぬのかと折に触れ訊ねるが、利仙は言葉を濁し、教えてくれない。

……このとき、森から突然声が聞こえた。

「切っちゃだめだよ――」

いつからそこにいたのか、和服を着た女性が佇《たたず》んでいた。三十の半ばだろうか。明るい色をしたウールの着物を崩して身にまとっている。

慎は身をすくませ、利仙の背後に隠れた。

女は、抜き身の日本刀を手に提げていたのだった。鐔《つば》はなく、切先から柄《つか》まで、刀に沿って黒く塗られている。女がもう一度口を開いた。

「あの木はやめときな」

利仙は慎に「大丈夫ですよ」とささやきかけ、女のほうを向いた。

「わたしたちが見ていた、あの大木のことですね」

切りません、と利仙がはっきり告げた。

「あの木には鼯鼠が住んでいましたから」

利仙はつづけて言った。

鼯鼠が住むためには、大きな洞がなければならない。そして鼯鼠の巣穴は、ときに木の根元にまで達する。するると、なかなか大きい木取りはできない。

「ですから、あのまま鼯鼠に住まわせることにしました」

利仙の物怖《ものお》じしない態度に、相手は毒気を抜かれた様子だった。

「あんた、おかしな人だね」と女が応える。「街では、物狂いだと怖がられてるんだが」

「同業者を怖がるわけがありません」

「同業者？」慎が割りこんだ。

「鐔を外して、漆を塗った日本刀など持っているのは、碁盤師以外にありません」

囲碁盤は、漆を使って枡目《ますめ》の線を引く。

そのための道具は、鼠《ねずみ》の髭《ひげ》や篦《へら》、あるいは刀である。漆で黒く染まった日本刀などを持っているのは、碁盤師くらいであろうと、あたりをつけたわけだ。

「しかし、あなたのような碁盤師がいると聞いたことは……」

利仙はしばらく口のなかで何事かつぶやいていたが、それから急に立ち上がった。

「もしや、黒澤昭雄《くろさわあきお》の娘さんでは――」

＊

黒澤昭雄――号は昭雪《しょうせつ》。

忘れられた碁盤師である。

生まれは戦前で、三十を迎えたとき、山口の黒澤碁盤店の二代目となった。生涯で二百面ほどの盤を作ったとされるが、いまや多くの所有者が代替わりし、また、昭雪自身が盤に号を記すことを嫌ったため、ほとんどの作が散り、失われている。

さらに、昭雪の作とされてきた盤の多くは、弟子の大嶽真夫《おおたけまさお》の作であった。

昭雪の真作とはっきりしている盤は、ごくわずかしか残されていない。

碁の主役はあくまで棋士であり、棋具が前に出てはならないというのが昭雪の持論だった。あくまで盤としての機能を追求すべきで、装飾は二の次だというのである。が、当の碁盤師がそう言っているにもかかわらず、彼の作には魔力が宿っていた。

鼓《つづみ》のように響く石音は、長考中の静寂さえも、音楽に変えたと伝えられる。

しかし、昭雪の名はやがてタブーとなった。

時の本因坊、蘇我元哉《そがげんさい》との確執である。

本因坊となった元哉は、その記念として昭雪に盤を作らせることにした。元哉の生まれが平敦盛《たいらのあつもり》ゆかりの「青葉の笛」伝説の地であったため、盤はそれにちなみ「青葉の盤」と名づけられる――はずであった。元哉は出来上がった盤を、よしとしなかった。それどころか、「斯様《かよう》な失敗作を送りつけるとは何事か」と激怒したそうなのだ。「心の歪《ゆが》みが盤に表れている」とは元哉の評だ。「音は鈍く、盤全体があまりに重い」

これが「青葉の盤」事件である。

もとより強権的だった元哉は、昭雪の盤を使うべからずと棋士たちに命じた。

昭雪の仕事は失われた。

碁盤作りは、短くとも一週間はかかる。木材の乾燥期間を入れると、年単位の仕事である。立木から切るとなると、幾人もの職人を雇うことになる。榧そのものも高い。嘘か本当か、中国人が斧を手に山に入り、一本の榧を切って一年は暮らしたという話もある。

おのずと価格は上がる。

碁盤師の仕事は、附加価値があって、はじめて商売となるのだ。

そしてその附加価値は、棋士たちの後ろ盾によって支えられる面がある。おのずと、昭雪の盤を求めるアマチュアも減っていった。失意のなか、昭雪は五十で亡くなった。

それが四半世紀前のことである。

当初は不審死とされ、さまざまな憶測が流れた。周囲の事情通ぶった者たちは口まめに噂《うわさ》しあい、弟子の大嶽真夫や、まだ子供だった娘の逸美《いつみ》にまで、疑いの目が向けられた。

疑いが晴れたとき、人々は昭雪を忘れ去っていた。

＊

「青葉の盤をわたしは見たことがあります」

裾の汚れを払い、利仙は榧の切り株を離れた。

「盤は元哉がすぐに手放し、行方《ゆくえ》がわからなくなっていました。しかしあるとき、関西の土木業者が所有していると判明した。わたしは矢も盾もたまらず見に行きました」

ところが、と利仙は言う。

青葉の盤は、悪い作ではなかったのである。

盤は石を打ち下ろすと傷むので、石音を聞くことはできなかった。だから目で確認したのみだったが、利仙の目には、滋味のあるよい盤に映った。利仙はもう一度見ておきたいと思ったが、新しい所有者も盤を手放し、ふたたび行方がわからなくなってしまった。

青葉の盤と聞き、昭雪の娘――逸美は顔をこわばらせたが、やがて途切れ途切れに語りはじめた。

――青葉の盤を最後に、昭雪の新作の盤は途絶えた。

まもなくして昭雪が亡くなった。

昭雪の亡骸《なきがら》は、生前彼が気に入っていた榧の木の下にあった。身につけていたのは、普段着とグレーの外套《がいとう》、そして赤い帽子のみ。所持品はなかった。鑑識の判断は、事故死。けれど事故だとしても、具体的にどのような事故であったのか。親族は小さい逸美を慮《おもんぱか》ってか、口にすることはなかった。

その後、逸美は父の残した仕事場を継ぎ、盤を作るようになった。

利仙が躊躇《ためら》いがちに訊ねた。

「お父様の仕事場を、見せてはいただけませんか」

「いやだね」

逸美が即答した。

「親父の死後、いろんな人間がここへやってきた。なかには、親父が残した榧材を奪おうとするやつもいた。だから、あたしは一人で盤を作っているのさ」

逸美は頑として譲らなかったが、普段は控えめな利仙もこのときばかりは粘った。碁盤師としての興味が、優先したようである。

しばらく押し問答がつづいたのち、逸美が提案した。

「こういうのはどうだい。あんたが碁盤師だっていうのなら、この山にある榧の木で、一番だと思うものを当ててるんだ。もし当たれば、親父の仕事場を見せてやるよ」

そうは言っても、利仙たちは山の地理さえよくわからない。

肝心のよいか悪いかも、切ってみなければわからないのだ。逸美のそのときの気分で、正答が変わる可能性もある。

「見て回るだけで日が暮れてしまいます」

「椢の位置だけは教えてやるよ」

もとより無理な頼みである。これで話は決まった。

一時間後、またここに戻ってくることとなった。逸美は椢があるという場所を示すと、森の奥へ帰って行った。

「戻ってくるかな」

「時間がありません」利仙が応えた。「あとのことは、あとで考えましょう」

慎はもとより盤に興味がない。ぶつぶつ文句を言いながら、利仙につづいた。

長い一本の獣道を豚草が覆《おお》っていた。木々が風に揺れ、葉の間から光をこぼしている。

歩きながら、利仙はこんな話をした。

「椢には、呪術《じゅじゅつ》的な力があるとされます。そして、古くから神社などに植えられてきた。それが意味するのは、境界です。たとえば国境。あるいは、この世ならぬものとの境目」

利仙はつづける。

「戻って誰もいなければ、椢の精に化かされたとでも思いましょう」

「非科学的だよ」

「それでいいのです」

山中には七本の榧があった。

最初に見た大木のほかに、樹齢二百五十年ほどの木が一つ。残りは、ほとんどが若木であった。直径は一メートルに満たず、盤にするのに充分な太さがない。そのうちの一本は雷に打たれ、焼け焦げていた。

これでは問題にならない。

利仙に見解を訊ねたが、「さて」と首を傾《かし》げるのみだった。利仙はいつもそうなのだ。考えがあっても、答えが出たと思うまでは何も語らない。とはいっても、今回は正答は一つだけだろう。樹齢のもっとも長い、最初の木がそうだ。

一時間が過ぎた。

逸美は切り株の前で待ちくたびれていた。

「あたしはこの山が好きでね」

こちらの姿を見た逸美が、独白するようにつぶやいた。

「小さいころは、榧の洞を隠れ家にして遊んでいたものさ。——答えはわかったかい」

「ええ」利仙が頷《うなず》いた。「教えていただいた榧は、すべて盤には適しません」

「見つからなかった、それが回答かい」

「すべての榧が盤に適さないとなると、別の答えを考えなければなりません」

そう言って、利仙は先ほど坐っていた切り株を指さした。

「……この木は、昔はさぞ立派だったことと思います」

この回答は、相手の虚を衝《つ》いたようだった。

逸美はしばらく考えていたが、そのうち笑い出してしまった。

「いいよ。ついて来な」

空が暗くなり、遠雷が聞こえてきた。逸美が傘を差し、急ぐよ、と二人をうながした。まもなくして、ざあっ、と雨が降り出した。森が白く煙った。

2

橙色《だいだい》の屋根瓦が雨を弾き鈍く光った。かつて畑だった場所に雑草が生え、そこに古い三輪車が置き去りにされていた。山を越えた先、街の反対側に逸美の家はあった。

土間に、木材の切れ端で作った猫の置物がある。

昭雪が逸美のために作ったものだという。

逸美が雨戸を閉めに奥に入った。タオルで身体を拭き、廊下に上がる。

開け放された襖《ふすま》の向こうに、板張りの部屋が見えた。作業台に万力が据えつけられていた。その上に何本もののみや小刀、鉋《かんな》の類いが並ぶ。

廊下には梔子《くちなし》をかたどった作りかけの脚が、やすりとともに無造作に置かれていた。

「これは……」

利仙が脚の一つを手に取った。

「よい細工です。しかし、売られているのは見たことが……」

「売っちゃいないよ」

逸美が戻ってきて、奥を指さした。

「倉庫は地下だ」

「盤作りは、お父さんから？」

階段を降りながら慎は訊ねる。逸美が肩をすくめ、「見よう見まねさ」と応えた。

甘い香りが濃くなってきた。

六畳二間ほどの広さだろうか。除湿器が低く唸るなか、完成した盤と、乾燥途中の木材がスチール棚に所狭しと並んでいる。

「ここに入ると、丸一日、甘い匂いが身体から離れなくなるんだよね――」

木材には一つひとつ日附が書かれている。

なかには、二十年以上前のものもあった。

「すばらしい」利仙が独り言を漏らした。

慎にとっては、はじめて目にする榧の倉庫である。しばらく木材や製作過程にある盤を眺めていたが、やがて作りかけのまま乾燥させてある盤を見つけ、「これは?」と訊ねた。

「半作りと呼ばれるものです」利仙が答えた。「碁盤はいったん盤の形に作ったのち、五年から十年という時間をかけて乾かさなければならない」

「十年も……」

「榧の木は水分が多いので、切ってすぐに盤を作ると、乾燥の過程で歪んだり割れたりしてしまうのです。それも、〝割れて榧、ついて榧〟と呼ばれる材。割れやすく、たとえ完全に乾かしたあとであっても、のみを入れると割れてしまうことがある」

利仙が木目の一部を指した。

「木材というものは、中心から外側に向けて常に力がかかっています。ですから、彫るなどして形を変えると、力のバランスが崩れ、外に向かって割れていく。こんな話があります。あるとき、奈良時代の寺院に残されていた四百年前の欅《けやき》材を切った者がいた――」

その木は、たちまち曲がっていったのだという。

四百年という時をかけて乾燥させた材でも、割れ、狂っていくものらしい。

「木は死ぬのではなく、眠るのです」利仙が静かにつづけた。「ですから、碁盤師の仕事は、いかにして木を仮死させるかだと言えます」

「〝ついて榧〟というのは?」

「自己修復力が強いのさ」これには逸美が答えた。「一度割れても、ヒビに沿ってセロハンテープでも貼っておけば自然とくっついていく。だから、あらかじめ彫っておいて、一通り割れたり狂ったりするのを待って、最後に調整をすることができる」

こうして作られた盤は、狂いも少なく、割れにくいらしい。

それでも、榧は時間とともに割れていく。

徐々に割れ、侘《わ》びていく様子も含めて、盤は楽しむものなのだそうだ。

「……模様が全部違うんだね」

「木取り――どこをどのように切るかによって、盤に現れる木目は変わってきます。一番美しいとされるのが四方柾《しほうまさ》と呼ばれるもの。これは木のよい部分を贅沢《ぜいたく》に斜めに切り取ったもので、どんな大木でも、ごくわずかしか取れません」

「ついで、天地柾《てんちまさ》、天柾《てんまさ》、木裏《きうら》、木表《きおもて》――順に、希少価値が下がっていく。

「木目は盤の顔です。ですから、わたしたち碁盤師は、目にした盤すべての木目を覚えている。これはいわば指紋のようなもので、一つとして同じ木目が現れることはない」

「それは親父の盤だよ」

逸美が部屋の片隅の盤を指さした。

それを受け、利仙が声を漏らす。

「触っても？」

「ああ」

何が面白いのか、利仙は屈《かが》みこんでぶつぶつと独言している。

慎はしばらく倉庫を見回したが、やがて欠伸《あくび》が漏れてきた。逸美が笑った。

「退屈だろ」

「少し」慎は本音を言った。

「おいで。面白い盤を見せてやる」

逸美は利仙を置いて、階段を登りはじめる。

客間に来た。

雨戸が閉められ、室内は薄暗い。家具はなく、床の間にも何も置かれていない。畳の八畳敷きの中心に、盤が一面だけ置いてあった。手彫りの、しっかり作られた盤である。しかし、全面に乱雑な細かいヒビが走っている。

「これは？」

表面に触れてみた。それは乾燥しているというより、かさかさに荒れているのだった。

「どうだい」

「なんだろう、少し怖い……」

冷えこみ、風が起こっていた。雨はしばらくやみそうになかった。

慎は雨音が好きではない。

かつて、院生と呼ばれるプロの卵だったころ——対局の帰りに雨が降ると、よく父親が迎えに来たものだった。必ず喫茶店でアイスを食べさせてくれたので、愼は何度もわざと傘を忘れたものだ。その父は、愼のプロ入りを待たずして車の事故にあった。

以来、雨が降るとそのことを思い出す。

このとき利仙が客間に上がってきた。盤を一瞥《いちべつ》し、怪訝そうに首を傾げる。

「よくないだろ」逸美が苦笑した。

「……は死んでいますね」

雨音に紛れ、よく聴き取れなかった。利仙は屈みこみ、盤面にそっと触れていた。

「なぜ、このような盤が？」

逸美が首を振った。

しばらく黙したのち、「夜の予定は？」と二人に訊いてくる。

「夕食でもどうだい。……この雨だ。ちょっと話をさせておくれよ」

＊

その晩は、同じように雨が降っていたという。

内弟子の大嶽真夫は街へ買い出しに行っており、逸美を除けば、家には昭雪しかいなかった。碁盤作りは気の抜けない仕事である。安定した収入もなく、ことによると四六時中神経を尖《とが》らせている。立木を見るため、家を空けることも多い。

母親は早々に愛想を尽かし、逸美が四歳のときに家を出ていた。

碁盤作りの仕事も、「青葉の盤」の事件からは途絶えていた。

そこに、関西の好事家《こうずか》が新作の榧盤を求めてきた。久しぶりの注文を昭雪は喜んでいた。

だが、突然の嵐である。雨戸は風に揺れ、やがて夜になり雨が降り出した。昭雪は練ったばかりの漆を心配していた。囲碁盤に線を引く、最後の作業に使うものだ。気象条件にも左右されるため、碁盤師は漆にもっとも気を使う。

昭雪はいつの間にか家を空けていた。

父を亡くした衝撃から、逸美はその前後のことをよく覚えていない。

だが、記憶の断片をつなぎあわせると、こういうことのようだった。

遺体の発見者は真夫だった。真夫は血相を変えて帰ってくると、買い出した食料品を玄関に置いたまま、すぐに警察に電話を入れた。

街から家に来るまでには、山を越えなければならない。その中腹——榧の大木の下で、昭雪が倒れていたのだという。

警察が遺体を運び出し、葬式は親族があげたため、逸美は蚊帳《かや》の外に置かれた。

遺書の類いはなく、鑑識は事故と判断したが、警察は一つの可能性として真夫を疑った。

灯りのない夜の山中のこと。

仮に殺人であったなら、おのずと、家までの道を知っている人間が犯人となる。父と真夫しかいなかった家に、親戚をはじめとした大勢が出入りするようになった。昭雪の残した盤に露骨に興味を持つ者もいた。そのなかには、かの蘇我元哉もいたという。

「困っているだろうと思ってね」

元哉は逸美に言ってのけたそうだ。

「盤や榧材が残っていれば、引き取ってやってもいい」

「親父の仕事を奪っといて――」

居合わせた警官が訝《いぶか》しみ、元哉と話をはじめた。事件の晩のことを訊かれ、隣町でタイトル戦の途中だったと元哉が答えた。

逸美は元哉を追い出すよう警官に頼んだ。

腹いせに、元哉はこんなことを言い残していった。

「親父さんを殺したのは、たぶん真夫のやつさ」

「なんだって？」

「まだ未熟だからと、盤に号を書き残すことも許さなかったそうじゃないか。仕事もない。盤の仕事から逃げ出したいと、よくこぼしていたと耳にしたぞ」

逸美は元哉の言葉を忘れようとした。

真夫を弟子に取る碁盤師はなく、そのため彼は昭雪に恩を感じていた。というのも、真夫は先天的に赤と緑の区別が困難だったのである。囲碁盤は美術工芸品であり、視覚にハンデを持つ者は扱えない――それが、ほかの碁盤師たちの言いぶんだった。

ところが、昭雪は真夫を可愛がった。

榧はほとんど黄一色であるし、その価値を決めるのは音や打ち味、そして木目である。ましてシンプルな機能美を目指す棋具のこと。視覚のハンデはなんら差し支えないとした。

――真夫が父を殺したとは思えないのだ。

しかしこの手の呪詛《じゅそ》は、忘れようとするほどに絡みついてくる。

このことがあり、真夫とも気まずくなっていった。逸美が親戚に引き取られたのを機に、真夫も出て行ってしまった。相続税を支払うため山が売られ、家だけが残った。

成人して戻ってきたのちは、他人への不信感から家に籠《こ》もることが多かった。

いつしか、逸美は街で物狂いと呼ばれるようになっていた。

＊

逸美は碁盤の脚にやすりをかけながら、これらの話を二人に語って聞かせた。

木屑《きくず》が飛ぶので、服装はラフなものに着替えている。

盤の脚は梔子をかたどって作られる。観戦者の助言を禁ずる「口なし」とかけたものだ。

この梔子の曲線が、碁盤師の創意がわかりやすく目に見えるほぼ唯一の箇所となる。削り出すのに一日、やすりがけに丸三日かけるという。

雨音はいっそう強くなっていた。

「……それで、あたしはこうやって盤を作ってるのさ」

「お父様の遺志をついで、ということでしょうか」

「娘が目を瞠《みは》るような盤を作れば、黒澤はやはり本物だったと言われるかもしれない」

客間の「死んだ盤」は、逸美が作ったものだという。

昭雪の亡骸は、榧の大木の下にあった。昭雪が気に入り、大切に成長を見守っていた木だった。噂を聞いた客たちが、その木を用いた盤を求めたが、昭雪は「まだ切るべきときではない」と断った。蘇我元哉も、そうして断られた一人だった。

昭雪は別に仕入れた材を使い、「青葉の盤」を完成させた。

このことが、元哉には面白くなかった。本因坊の要望を断るとはどういう了見だ、と元哉は昭雪に詰め寄ったそうだ。

これが盤への酷評につながったのではないか、と逸美は言う。

昭雪の死から間をおかず、逸美は親戚に頼んでその木を切り、手放さなかった。山に戻ってきてからは、父の思い出として盤の形に残した。

「それが、あの切り株だったのですね」

「親父は嵐が来て、榧が心配になったんだと思う。そして、その場所で――」

「どうでしょうか」

利仙は逸美を遮ると、完成した脚の一つを手に取った。

「それより、あなたの作は、すぐにでも多くの人間に使われるべきものと思いますが」

逸美は首を振った。

「あたしの盤は本当に父の意をついでいるのか。黒澤の名に恥じないものなのか。それを考えはじめると、とても人には見せられなくなってきてね」

「碁は――」慎が割って入った。「完璧な着手を目指して考えはじめると、ときには一手も打てなくなってしまう。それと同じようなものかな」

「……怖いんだ」

逸美は手を止め、閉めきった雨戸に目をやった。

「あたしはあの日の記憶がはっきりしない。皆、あれは事故だったと言う。あたしを慮ってか、詳しいことを教えてくれない。だからこそ、ある考えが頭から離れない」

――あるいは本当に、自分が父を殺したのではないかと。

そうであれば、父の遺志をつぐ資格などない。

この迷いがあるせいで、確信を持って盤を仕上げることができないのだという。そして、碁盤師であり、昭雪と同じ榧を選んだ利仙に打ち明けることにした。

「答えは求めてないよ」

逸美はそう言ったが、顔に愁《うれ》いが貼りついている。

「……この雨だ。今晩は泊まっていきな」


客間を使ってよいという話になった。先ほどの、盤が一面だけ置かれている部屋だ。逸美は、寝る前に脚をもう一本仕上げるという。

利仙はノートパソコンを開き、何かの作業に没頭している。メールチェックかと思ったが違った。覗《のぞ》きこむと、音の波形のようなものが表示されていた。

難しいことはわからない。

慎は盤を傷めないよう、桐蓋《きりふた》をかけて床の間に移した。驚くほど軽かった。自分の目から見ても、あまりよい盤とは思えない。思い切って訊ねてみた。

「さっきの話、本当?」

「なんのことです」

「逸美さんの盤が、多くの人間に使ってもらうべきものだって」

「この部屋の盤はよくありません」釘《くぎ》を刺すように利仙は応えた。「ですが、ほかの仕事は立派なものです。黒澤昭雪とは、また別の力を感じさせる」

惜しむらくは、と利仙がつづけた。

「我流です。おそらく、碁を打ったことがないのでしょう。たとえば、石が打たれやすい隅も、中央も、同じ厚さに漆を盛っている。それでは、使ううちに隅ばかりがかすれてしまうのです。わたしの工房に来てもらって、指導したいくらいだと思いました」

「……昭雪さんは自殺だったんじゃないかな」

愼は布団を敷きながらつぶやいた。

「元哉に酷評されて、職人としての名誉を失い、仕事もなくしたんだよね――」

愼は一度、元哉と話をしたことがある。プロ入りして間もないころ、先輩棋士の勉強会で同席したのだ。元哉はすでに七十を超えていたはずだが、舌鋒《ぜっぽう》は依然として鋭く、やれ誰々の碁は見るにたえぬ、潔く引退すべきだ、などと誰彼構わず批判するので閉口した。

「あの調子で貶《けな》されたらたまったもんじゃない」

「自殺ではないと思います」

「なぜ？」

「逸美さんの話を信じるなら、昭雪さんは新しい注文を受けたばかりでした。しかも、その日は漆を練ったばかりだった。漆の作業は、碁盤師がもっとも気を使う局面です」

利仙は言う。

刀を用いて線を引く太刀《たち》盛りは、細心の注意を要する。漆は拭き取ることができず、線が崩れれば、天面を削り直すしかない。

わずかに心が曇るだけで、それは線の歪みとなって表れる。

さらに漆の状態には、天候もかかわってくる。

そのうえで、斑《むら》なく均一に、高く漆を盛らなければならない。

――このようにしてうまく引かれた線は、あたかも一本の針金のようになる。

物心《ぶっしん》両方の条件が揃《そろ》うまで、ときには十日ほども待たねばならない。

「風がないこと。湿度があること。気温が低いこと。この三つは最低条件です」

風が吹くと漆がうまく乾かない。そして、埃も紛れこんでくる。漆に埃が入ると、それは大きな塊となってしまう。だから、漆を扱う前には徹底的に部屋を掃除する。

「先代からは、衣服の埃が混じらないよう、裸で刀を持てと言われたくらいです。漆は碁盤師の命――その作業を中断したまま、自殺するなど到底考えられません」

「それなら、どうして昭雪さんは？」

「考えはないでもないのですが……」

「逸美さんが可哀想だ。なんとかしてよ」

利仙は煮えきらない様子で視線を外した。利仙はいつもそうなのだ。考えがあっても、答えが出たと思うまでは何も語らない。

ため息をついて、慎は話題を変えた。

「昼間のあの切り株、面白かったね。答えが目の前にあっただなんて」

それからふと気がついて、

「あの木が、昭雪さんが気に入ってたやつだったんだね」

このときだ。思索に耽《ふけ》っていた利仙が、表情を変えた。

「それです」利仙が目を光らせた。「答えは目の前にあった」

利仙は荷物を探り、「やはり」と口のなかでつぶやいた。

「……黒柿は黒く見えますが、実際は深い緑や赤が入り混じっている。その紋様の入りかたが、黒柿の価格を決めます。つまり、視覚にハンデがあると、木材として扱いにくい。とはいえ、碁盤師が柿を扱うのは、碁石を入れる碁笥《ごけ》を作るときくらいで、盤にすることはまずありませんが」

「え？」

「わ、わ、わたしたちは大嶽真夫に会っているのです」

利仙が手にしているのは、朝に受け取った名刺なのだった。ようやく愼は思い出した。

――いえ、黒柿は……。

――一度、見間違えたことがありまして。

「あの人が？」

「形が見えた気がします」利仙がつづけた。「かつてこの山で何があったのか。元哉や真夫は、昭雪の死にかかわっているのか。そして、この部屋の盤がなぜよくないのか」

突然に並べ立てられてもわからない。

戸惑っていると、「物心が揃いました」と利仙が静かに宣言した。

「――あとは、盤面に線を引くだけです」

3

澄んだ空気を感じ、慎は眼を覚ました。利仙が窓際に腰を下ろし、何をするでもなく外の林を眺めていた。山の朝が部屋まで入ってきていた。

晴れている。

利仙はすでに荷物をまとめ、出発の準備を終えていた。

慌てて着替えを済ませたところで、「入るよ」と声がした。

「コーヒー、飲むだろ」

利仙は仕草で謝意を示し、逸美が持ってきたカップを受け取った。

「……昭雪さんを殺した人間がいるとすれば、それは誰なのでしょう」

「先生、ストップ」慌てて、慎は割りこんだ。「朝一番の話題じゃないと思う」

「いいんだ」逸美が硬く微笑《ほほえ》んだ。「聞かせてくれ」

柔らかな風が部屋を吹き抜けた。

利仙が頷き、ゆっくりと話し出した。

「昭雪さんが殺されたのだとすると、犯人は誰か？　青葉の盤が気に入らず、面子《メンツ》をつぶされたと思った蘇我元哉か。あるいは――」

盤の仕事から逃げ出したいと思っていた大嶽真夫か。

それとも、母が出て行ってなお、盤のことばかりを考える父を逸美は許せなかったのか。

利仙は指を三本立てると、

「まず、元哉ではない」

と、そのうちの一本を折った。

「元哉は隣町でタイトル戦の最中だった。いわば主役です。誰にも気づかれず、犯行をはたせるとは思えない。まして、数キロは痩せるというタイトル戦――棋士は、万全の調整をもって臨むものです。その合間に、殺人を犯す者などいない」

ついで、もう一本の指を折る。

「逸美さんでもない。小学生の女の子が、暗い山奥で、事故死に偽装して誰かを殺せるものか。仮にできたとしても、元哉や真夫さんのアリバイを自ら保証するのは解《げ》せません」

残るは一人。

「では真夫さんか。しかし、これもおかしい点が残る。盤の仕事から逃げ出したい――あるいは、そのような愚痴をこぼした可能性もあるでしょう。ですが、真夫さんと会ったわたしたちには、それが本心でないとわかる。彼は、いまも盤にかかわる仕事をしている」

結局、と利仙はつづける。

「誰が犯人であっても、何かしらの矛盾が出てきます。警察が事故死だというのを、否定するだけの材料はありません。だとしても、事故とはいったいなんなのか――」

そんなことがわかるのか。

慎は思ったが、黙してつづきを待った。

「視点を変えましょう」

利仙は立ち上がり、床の間の盤の桐蓋を取った。

「この盤に使われた榧の切り株にわたしたちは坐りました。そして、そこには不自然な点があった」

――これは……。

――何か変です……。

「あとで気がついたことですが、あの榧は手触りに違和感があった。普段扱っているものとは、木質が異なっていたのです」

そう言って、利仙は荷物からノートパソコンを取り出した。

画面を開き、スタンバイから復帰する。昨夜見た、あの波形が表示された。

「石音のよし悪しは感覚的にしか語られない。それでは適切な評価ができませんので、このようなプログラムを導入しました。つまり、盤の石音を計測させてもらいました。注目して欲しいのは、残響と周波数成分です」

利仙は画面を指さした。

「右が通常の石音、左が問題の盤の石音です。通常の石音は、残響成分が多く、ピークとなる音程がはっきりしている。これは、太鼓などの打楽器にきわめて近い性質です」

利仙がよく口にすることがある。囲碁盤とは、打楽器である。

そこに、碁を打つ快楽の一つがひそんでいるのだと。

「対して問題の盤は、残響がほとんど見られず、音程も漠然としていてノイズに近い。石音だけ見ても、通常の盤とはまったくの別物だと言えるのです」

では、なぜこのようなことが起こるのか。

「問題は、この碁盤は、昭雪さんが気に入った榧を、逸美さんが仕上げたものだということです。二人が碁盤師として一流であることは、すでに見てきました。そうして出来上がった盤がよくないこと自体が、そもそも不自然ではありませんか」

「そうだ」愼はつぶやいた。「なんとなく、おかしいと思ったんだ」

「次に、木そのものを見てみましょう。木材というものは、中心から外側に向けて常に力がかかる——異方性と呼ばれる性質の一つです。それなのに、この盤には、乱雑な細かいヒビが無数に入っている。いわば、木質が肉離れを起こしている状態です」

榧にこのようなヒビが入ることが、まずありえない。

「こうした木質や音響の変性が起きる要因は、実は一つしかありません。——落雷です」

「まさか」

思わず声に出してしまった。

すると、利仙が言わんとしていることは——。

「待ってくれ」

黙して聞いていた逸美が、ここで口を開いた。

「この木が落雷を受けたってのはわかった。でも、それが親父を打ったと言えるのか？」

「言えるかもしれません」

思わぬことに、利仙はあっさりと言ってのけた。

「本来、人が雷に打たれるということ自体がまれです。仮にそのようなことが起きたなら、そこにはなんらかの理由があると考えられる」

ところで、と利仙はつづける。

「漆の用途は主に木材の装飾ですが、ほかにもあります。たとえば、金物の補修」

「そうか」と逸美が口のなかでつぶやいた。

利仙が頷いた。

「……確かあれは、刀身から柄までが黒塗りでした。逸美さんがお持ちの日本刀——あの漆を一部剝《は》がさせてもらえませんか。焦げ跡などが見られないかを確認したいのです」

本漆は一度乾燥すると、金をも溶かす王水《おうすい》でさえ溶かすことができない。利仙は小刀を使い、少しずつ丁寧に漆を剝《は》いでいった。まもなく、利仙の説が裏づけられた。柄は焦げ、割れた跡が漆で埋められていたのだった。

壊れた柄を真夫が補修したのだろう、と逸美は言う。

通常、刀の柄が割れれば木材そのものを取り替える。しかし、盤に漆を引くだけの刀であれば、漆による補修で充分に事足りるというわけだ。

「……肝心の木は昔に切られ、それを手配したのも逸美さんの親戚でした」

見えなくなっていたのです、と利仙は言う。

雷撃の痕跡は、漆の裏に隠れていた。

加えて、自分が殺したのではないかという疑念があった。

「これで逸美さんを山に縛りつける理由の一つがなくなりました。残された問題は、昭雪さんに着せられた汚名——青葉の盤です」

青葉の盤とはなんだったのか。

元哉が指摘したように、それは失敗作だったのか。

「慎、昨日あなたは、なぜ囲碁盤は榧でなければならないのかと言いましたね」

「確か弾力と硬さ。打ち味、音、香り。これらを満たすのが日本榧だって」

「実は、それだけではないというのがわたしの考えです。……その前に、まず、囲碁盤の本質とは何かを見ていきましょう」

囲碁盤には縦横に十九本の線が引かれ、石は交点上に置かれる。

すると、着手点は十九の自乗で三百六十一点。中央の一点を除くと三百六十となり、これは一年の日数を表す。

「碁盤は古代中国の宇宙観を表したもので、もとは呪術の道具であると言われます」

では、なぜ日本で榧が使われるようになったのか。

榧とはどのような木であるのか。

「榧の由来は中国語の香榧《かひ》です。しかしそれは、日本古語のカヘにあとから漢字をあてたもの。本来は、片仮名でカヤとするのが正しい表記なのです」

日本の榧と中国の榧は木として種類が異なる。

それなのに「榧」の漢字があてられたのは、カヤで仏像を彫ったからではないか、と利仙は言う。法華寺の十一面観音は長いこと檜《ひのき》だと信じられてきたが、実は榧である。日本には仏像を彫る白檀《びゃくだん》がないので、かわりに榧が用いられた。そのために、大陸発祥であるかのような字があてられたのだろうと。

ならば、古語のカヘは何を意味するのか。

「帰る、還るを意味します。カへは、変化を表す呪術の道具なのです」

椢は境界に植えられるほか、いまでも行事などで用いられる。

「それは日本古来の呪術にほかなりません。つまり、こういうことが言えるのです——囲碁盤とはすなわち、中国古代の呪術と、日本古代の呪術が盤上に融合したものなのだと」

利仙は咳払いをした。

「ここで、青葉の盤を振り返って見てみましょう」

元哉は青葉の盤が失敗作であると断じた。

利仙の目には、滋味のあるよい盤に映った。

「矛盾を解決するには、たとえば、こう考えることができます。かつて青葉の盤と呼ばれたものと、いま青葉の盤だとされているものが、別々の盤だということです。しかし、それはありえません」

盤には木目がある。

木目はいわば盤の指紋で、まったく同じになることはない。

「普通に考えるなら、二人のうちどちらかが間違っている。では、二人のどちらが正しいのか。実は、これもおかしいのです」

元哉は職業棋士。

利仙は碁盤師。その二人が、盤の出来不出来を見紛うはずがない。

「すると結論は一つ——元哉とわたし、二人ともが正しい」

「どういうこと?」と横から訊ねた。

「元哉は、盤全体が重すぎると評しました。これはどういう意味なのか。盤の佇まいが重いということか。しかし、これは奇妙な表現です。単純に考えれば、そう——青葉の盤は、文字通り重たかったということになります」

「乾燥——」

榧は水分が多いので、乾燥していく過程で歪んだり割れたりする。

確か、利仙はそう口にしていた。

「青葉の盤は、未乾燥のまま作られたのです」

が、利仙が見た盤は歪んでいなかった。

「ということは、盤はあらかじめ歪めて作られた。もっと言うならば、それは、ゆくゆくはまっすぐになるよう計算された歪みだった」

とはいえ、そんなことが可能であるのか。

きわめて難しい、と利仙は言う。

「本来、木の変形が予測しがたいからこそ、半作りといった技法があります。それにしても、なぜこのような盤が作られたのか。……あるいは、このような背景があったのではないか」

元哉には、もとより強権的なところがあった。人が練れた名人ではなかったのだ。

そして昭雪に向け、大切な榧を切れとさえ言った。

「力への意味は変化——青葉の盤は、持ち主の元哉とともにゆっくりと成長する、そのような祈りをこめて作られた盤だったのではないでしょうか」

もっとも、と利仙はつづける。

「元哉はすぐに盤を手放した。それでも、盤は昭雪さんの死後も成長しつづけたのです」

＊

街へ戻る時間が来た。

〈八方社〉の手合のため、慎は駅で別れることになっている。利仙はこのまま西へ向かうそうだ。長崎の地主が手放そうとしている土地に、榧の大木が見つかったらしい。

逸美はいずれ山を下りると利仙に約束した。別れ際、逸美ははじめて穏やかな表情を見せた。

利仙はあいかわらずの健脚で、慎はすぐに息が切れて何度も呼び止めた。

振り向く利仙の顔が厳しいことに慎は気がついた。

「どうしたの……」と声を絞り出す。「万事丸く収まったじゃない」

「山に入ったことがおかしいのです」

「え？」

問い返してから、それが昭雪の話であるとわかった。

「嵐が来たから、木が心配になって山に入ったんだよね……」

「榧は大木です。そもそも、人が見に行ってなんとかなるものではない」

ましてと、利仙は言う。

雷が落ちるような雨のなか、誰が刀などを持って山に入るのか。

「ならば、刀が持ち出された理由があるのです」

「誰かを斬る……とか？」

「大切な道具を使って人を斬るものですか。ですが、雨のなか持ち出すようなことも考えられない。しかも、昭雪さんは漆を練っていた。漆が乾くまでに、刀で線を引かなければならないはずです」

待ちに待った仕事の、最後の仕上げの瞬間であったはずだ。

それを、あえて中断するような理由は何か。

「こう考えればいいのです。中断したのではなく、させられたのだと。刀を持ち出したのではなく、刀は、何者かに持ち出されたのだと。だから、昭雪さんはそれを探しに山に入った」

「それは……」急な不穏な気配に、喉が渇くのを感じた。

母が出て行ってからも、盤のことばかりを考える父。

それでも肉親である。おのずと、盤の仕事そのものに憎しみが向いたとすれば。

「そう」利仙がつづけた。「逸美さんが、刀を持ち出したのです。逸美さんは刀を持ち出して、問題の木の洞に隠れていた」

――あたしはこの山が好きでね。

――小さいころは、榧の洞を隠れ家にして遊んでいたものさ。

「昭雪さんは洞に隠れる逸美さんを見つけます」

そこには、雷が鳴るなか木の洞に入り、こともあろうに、刀を手にした娘がいた。昭雪は娘を助けるため、刀を奪う。そして――。

「待ってよ」慎は利仙を遮った。「想像をめぐらせればきりがない」

「逸美さんは、見えるはずのないものを見ています」

家を出る昭雪を逸美は見ていない。

昭雪の遺体は、そのまま警察に回収された。

「にもかかわらず、逸美さんは証言している。昭雪さんが赤い帽子をかぶっていたと」

「家でもかぶっていたのかもしれない」

「昭雪さんは漆を扱っていた。漆を扱うときに帽子をかぶるなど、それこそ考えにくい」

――漆に埃が入ると、それは大きな塊となってしまう。

――衣服の埃が混じらないよう、裸で刀を持てと。

「帽子は家を出る際にかぶったことになります。おそらくは、雨避けとして」

「発見者の真夫さんから聞いたのかも」

「お忘れですか。真夫さんは帽子をかぶっていたとは言えても、赤い帽子をかぶっていたとは言えないのです」

「でも、山奥は暗闇で……」はっとして、愼は言葉を止めた。

「そこなのです」利仙が頷いた。「逸美さんは、まさにその瞬間を見てしまった。自然の気まぐれが、一瞬だけ夜闇に灯りをともす瞬間を」

だからこそ――。

逸美は、記憶が抜け落ちるほどの衝撃を受けたのだ。

「わかったところで、詮《せん》ないことですが……」

愼は黙って頷いた。利仙の言う通りだと思えたからだ。

このとき視界が開けた。眼前に、アスファルトの道路が迫っていた。

街だった。

雑貨店の前にバス停があった。時刻表は錆《さ》び、読み取ることができない。いずれは来るだろうと利仙が言い、三時間ほど待ったところでようやくバスが来た。

——結局、逸美は山を降りては来なかった。

慎はその後一度、利仙とともに訪ねていったが、あの大きな切り株が一つあるのみで道は途切れ、かつて訪ねた家はついに見つけることができなかった。榧の花が落ち、貝殻のような小さな固い実がいくつも枯れ葉のうえに落ちていた。

　ひとしきり山中を迷ったのち、利仙がこんなことを言った。

「わたしたちの前に現れたとき、どうして逸美さんは刀を手にしていたのでしょう——」

慎は応えなかった。

しかし、わかる気がした。おそらく、無意識に待っていたのではないか。

小さいころの、雨の日の自分のように。

——父が、刀を取りに追ってきてくれるのを。

切り株に腰を下ろしたとき、慎はふたたび人ならぬ声を聞いた。「ありがとう」とその声はささやきかけてきた気がした。けれど、そのことを利仙に伝えるのはやめた。こう言われるに決まっているからだ。

榧の精の仕業にしておきましょう、と。

焔《ほむら》の盤

美術というビジネスを動かしている力学について、ドウリュー教授は確固たる説明をほしがっていた。


ある絵画がその作家の真作であるかは、どのように決められるのか？

その決定はまったく主観的なものなのか？　もしそうなら、作品が本物であるかどうかを決める権限を持つのは誰なのか？

もし作品がその人の目に満足のいくものであれば、それで十分ではないのか？

ある特定の美術作品の値段を決めるのは、実際のところ誰なのか？

――『偽りの来歴――20世紀最大の絵画詐欺事件』
レニー・ソールズベリー、アリー・スジョ著、中山ゆかり訳

1

石音《いしおと》が静寂を破った。

それを呼び水のようにして、あちこちから石を打つ音が響きはじめる。ありません、と投了を告げる声。その向こうでは、別の棋士が何事かボヤきつづけている。

茶をすする音や、中座する棋士の衣擦《きぬず》れ。

慎《しん》にとって、こうした音の中心に身を置くことは一つの歓びだ。耳を澄ませるだけで、集中が高まっていくようでもある。

目を開いた。

――都心の、2DKの一室である。

小さな座卓の上に、タブレット型のコンピュータが置かれている。周囲には、十基のサラウンドスピーカー。それ以外のものは、すべて部屋から排してある。

音は、〈八方社《はっぽうしゃ》〉の対局場で以前録音したもの。それを自室で流すのは、実戦の雰囲気を再現し、それに備えるためだ。囲碁は繊細なゲームなので、場所や気分にも影響される。

少しの体調の違いが、勝敗を分けることもある。少なくとも、慎はそう考える。

慎は十六歳。

囲碁棋士である。

将来を嘱望される、同世代の稼ぎ頭でもある。いずれは名人本因坊を分け合う逸材とも言われているが、まだ本人の興味は、名誉よりも目の前の一局にある。

「ああ、もう」

と、慎は画面を前につぶやく。

慎が見ているのはウェブのオークションだ。商品は脚附きの囲碁盤。それが競《せ》り合《あ》いとなり、いっこうに落札できないのだった。

幼少よりコンピュータで対局してきた慎は、囲碁盤を持っていない。

碁盤師の利仙《りせん》を慕いながら、棋具には疎《うと》い。

ところが、対局場の音まで再現して、盤がないというのはいかにも据わりが悪い。利仙の姿を見ているうち、欲しくなってきたというのもある。

利仙が慎のために盤を誂《あつら》えると言ってくれた際、では九段になればそのときにと慎は恰好《かっこう》をつけた。いまになって後悔がよぎるが、一度口にしてしまったものは仕様がない。

入札価格は、すでに想像の十倍近い。

すでにプロである慎にとっては、大枚というほどではない。しかし、元々安く買えると考えていただけに癪《しゃく》である。少額を吊《つ》り上げると、数分ののち、相手も値を上乗せする。顔も見えない相手の含み笑いが見えるようで、気に入らない。

「まいったなあ……」

ある金額を超えたら諦《あきら》めようと思っていたのが、いつの間にか、その額をとうに超えている。こうなると、慎としてもあとには引けない。

欲も出る。

このような競り合いになるからには、知られざる名品かもしれないとも思う。

ウェブで売られる盤の多くは、リサイクル業者などが売るあてもなく出品するものだと聞く。なかには、掘り出しものも多く眠っているはずなのだ。

「……完全に、投了のタイミングを逸した」

決済は、母の名義のクレジットカード。引き落としの口座は慎のものだが、明細書は実家に届けられる。もとより、慎がやくざな職についたことを母は愁《うれ》いている。せっかく切り詰めて生活しているのに、何を言われるかわかったものではない。

慎の暮らしは、入段したころとほぼ変わりない。

なぜもっといい暮らしをしないのかと指摘されることがあるが、贅沢《ぜいたく》に慣れれば、いずれはやってくる不調の年を越せないと慎は考えている。棋士の収入は、年によって大きく変動する。調子のいいときもあれば、悪いときもあるのだ。

「借金を作ってよそに子供を作ってナンボだ」

と先輩棋士に言われたこともあるが、到底そのような気にはなれない。もっとも、昔ながらの無頼を気取る先輩が、慎は嫌いではない。

盤の現在価格が更新され、慎はため息をつく。

同時に、玄関の呼び鈴《りん》が鳴った。

ドアスコープから窺《うかが》うと、件《くだん》の先輩が玄関口に立っていた。

「相変わらず、つまんない部屋」

「何しにきたんだよ」

遠慮なく部屋を見回す客に向け、慎は口を尖《とが》らせる。

来客の名は衣川《きぬかわ》蛍衣《けい》。慎の姉弟子にあたり、一足先に入段しプロとなった。歳は二つ上の十八歳。一緒に研鑽《けんさん》を積んできた慎としてはピンと来ないが、ファンが多く、ネットメディアの解説などにもよく出演する。でも、その中身を皆は知らない。

蛍衣は慎の「対局場」を横目に窺った。

「相変わらず勉強？」

なんとなく、オークションに嵌《はま》っているとは言いたくない。反射的に「うん」と答えてから、気が咎《とが》め、慌てて訂正をした。

スピーカーから石音が響く。

棋士のため息が重なり、一気に雰囲気が重苦しくなった。

「ちょっと」蛍衣が眉《まゆ》をひそめた。「音、切ってよね。胃が痛くなるじゃない」

請われ、手元のリモコンでクラシック音楽に切り替える。こんなサラウンドシステムでロックを聴かないのは馬鹿だと蛍衣は言うが、余計なお世話だと慎は思う。

蛍衣はあまり碁の話をせず、勉強している素振りも見せない。メディアの仕事も、特に不平を言うでもなく淡々とこなしている。実際は、女流枠でプロ入りすることさえ拒否し、一般枠で入段試験を受けたというから筋金入りである。

「そうだ」

慎はタブレットを蛍衣に手渡した。

「盤を落札しようとしてるんだけど、いまいち、よし悪しがわからなくて」

「あたしも棋具はわからないよ」

蛍衣が渋い顔をしながら、画面に目を落とした。

「検索してみたら？　掘り出しものが出品されると、けっこう話題になったりするよ」

慎がもたつきながら検索をかけていると、横からあれこれと蛍衣が教えてくる。

「いいかげん覚えなよ。ウェブ世代の気鋭とか言われてるんだし」

「そう言われても……」

821: 予算三万で駒台が欲しいんだけど、オススメはありませんか?
822: 某F店の出品、これ一生ものじゃね?
823: 紅炎、中央美術館に出るらしいね。
824: 〉〉821 そんなの自分で調べろよ。

「ふうん、将棋と一緒の板なんだ」

「あたしたちのスレッドもあるよ」

「本当?」

「とにかく落札してみようよ。なんか一生ものとか言ってるし」

そそのかされ、愼はまた入札してしまう。すぐさま、相手側が値を上げてきた。

勝手に冷蔵庫のジュースを飲んでいた蛍衣が、

「負けるな!」

と、無責任にそそのかしてくる。

次第に、二人して熱くなってきた。

画面を見つめながら、最善手は何か、どんなタイミングでいくら値を上げるのがいいかと大真面目に検討を重ねる。結果、競り落とすまでに一時間以上、予算をはるかに超えた。

よくわからない達成感はあるが、取り返しのつかない一手を打った気もする。

出品者とメールのやりとりをしているあいだ、蛍衣はじっとこちらを見つめていた。

「どうかした？」

「えっとね」珍しく歯切れが悪い。「明日とか暇？　気晴らしに、どっか映画とか……」

このとき慎の携帯電話が着信を受けた。吉井《よしい》利仙、と液晶パネルに表示が出ている。

「先生だ！」

ああ、と視界の隅で蛍衣が頭を抱えた。

2

木々が色づきはじめていた。

夕暮れの神楽坂《かぐらざか》通りを、蛍衣が先導して歩いていく。小雨が降ったのか、アスファルトは黒く湿っていた。肌寒い。通りの左右に雑貨や蕎麦《そば》の店、婦人服店などが並び、西日に溶けつつあった。蛍衣はときおり振り向いてこちらを窺うが、表情は逆光で見えない。

「なんで蛍衣が来んのさ」

昨日の電話で、慎と利仙は神楽坂通りで待ち合わせることになった。久々に上京したので、慎の顔を見ておきたい、ということだった。

今日、飯田橋駅を降りると、改札の外で蛍衣が手を振っていた。

「会ってみたいもん」蛍衣が拗《す》ねたように応える。「慎のもう一人のお師匠」

目の前を、一台のタクシーが通り過ぎていく。

利仙は善國寺《ぜんこくじ》の門で慎を待っていた。慎の姿を見つけ、小さく会釈をよこす。

「いつから東京に？」慎は駆け寄りながら訊ねた。

つい昨日だと利仙が応え、それから自己紹介しようとする蛍衣を遮《さえぎ》った。

「存じてますよ、〈逆転の女王〉」

ウェブサービス発祥の渾名《あだな》で呼ばれ、蛍衣は面映《おもは》ゆそうに顔を伏せる。

さて、と言って利仙は通りを歩きはじめた。利仙の健脚は、ここ東京でも変わらない。まるで榧《かや》の森を分け入るように、通行人の合間を縫っていく。

今日神楽坂へ来たのは、旧知の碁盤師が店を出しているため。上京するたび、利仙はこの近辺に宿を取るそうである。

「これなんだけど」

歩きながら、慎は落札した盤の画像を利仙に見てもらう。

利仙が眉をひそめたので、慎はつづけて経緯を説明する。利仙は困ったような顔をして、

「慎と競《せ》ったのはサクラです」

言いにくそうに、口を開いた。

「熱くさせて、うまく値を吊り上げていったのでしょう」

「すると、この盤は……」

利仙は二束三文だとは言わなかった。「碁の勉強には差し障りありません」

「でも、ウェブの評判だって悪くなくてさ」

「店側の人間が書いたのです」

横で蛍衣が目を逸《そ》らし、知らん顔をする。

さすがに気落ちしていると、勉強料ですよと利仙が穏和に笑った。

「評判を見たあなたは、その先を考えるのをやめてしまった。けれど、詐欺《さぎ》の常道は、うまくやったと相手に思いこませること。慎、あなたは盤外の駆け引きはからきしですね」

「本当にそう」蛍衣がそっぽを向きながらぼやいた。

そそのかしたのは蛍衣じゃないか、と口にしかけた不平を慎は呑みこむ。

横を歩いていた利仙が、唐突に立ち止まったからだった。向こうから歩いてくる男を、利仙はまじろぎもせず見つめていた。その表情は、いつになく厳しい。

「よう」と相手の男が足を止めた。「驚いたな、子供づれとは」

「何よ、あたしたちは……」

「きみ」利仙が鋭い視線を慎に送ってきた。「先に行ってなさい」

頷《うなず》いて、慎は蛍衣の手を引く。蛍衣は一瞬躊躇《ためら》ったが、何も言わずについてきた。

すれ違いざまに、男を観察してみる。

歳は利仙と同じか、少し上だろうか。痩せぎすの身体に、細い杖をついている。目が合った。視線は鋭いが敵意は感じない。ややあって、男は親戚の叔父さんのように破顔した。だいぶ離れたところで、「ちょっと」と蛍衣が犬を止まらせるように慎の手を引っぱる。

「ああ、ごめん」

と、慎は手を離す。

蛍衣は口を尖らせながら、「どうしたの」とささやいてきた。

「普段、先生は僕を名前で呼ぶんだよ」

「相手に知られないよう、隠してくれたってこと?」

「何か事情があるんだ」

ふうん、と首を傾《かし》げながら、蛍衣は横道へ入っていく。

方向が違うと指摘すると、こっそり戻るのだと応えが返る。

「あの、いま言ったこと聞いてた?」

「だって気になるじゃない。大丈夫でしょ、盗み聞きするだけだし」

経験上、こうなった蛍衣を止めるのは難しい。

何が大丈夫なものかと思いながら、慎はあとを追う。

蛍衣は猫のように小径を駆けていくと、植えこみを見つけてそこに身体を伏せた。真似をして身を屈《かが》めたところで、蛍衣に頭を上から押さえられた。

目の前で、利仙と相手の男が向かい合っている。

「俺たちが啀《いが》み合ってどうするよ」男は冷笑している。「碁盤など、どうせ棋士や限られた趣味人の道具。ウェブの対局だって普及した。盤作りも、俺たちの代で最後だろうよ」

「わたしはそうは思いませんが」

「世から忘れられかけた狭い世界は、無用なこだわりばかりを増幅させるものさ」

露悪的に口のなかでつぶやきながら、男は杖をついた。

それから、こちらの植えこみにちらりと目を向ける。うえ、と蛍衣が変な声を上げた。

「何あの人。忍者か何か」

「先生と同じ碁盤師のようだけど」

「では、偽物を売りさばくのを見過ごせと？」利仙が穏やかに応える。

「車輪の再発明はしない主義でね」

男が唇の端を歪《ゆが》めて韜晦《とうかい》する。

「第一、俺のは本物以上の魔術品さ。志は、おまえと変わりゃしねえ」

これを聞いて、一瞬利仙は言葉に詰まる。

利仙が放浪をつづけるのは、これという最高の榧の木を見つけるためだ。それを使い、最後の作となる究極の盤を作るのだと利仙は言っている。

碁盤師としての技術の粋を集めた、魔力を持つ榧盤を。

「盤は宇宙、石は星」男がつづけた。「碁盤の起源は占いさ。それは、元より魔術の道具だ。そして、占いは古来より為政者が使うもの――だから俺は、盤を通して、棋界の新たな王、新たな為政者を生み出すのさ」

「……あなたは変わりませんね。兄弟子だった昔から」

「おまえなら、俺と同じことを考えそうなもんだがな」

「盤が持ち主の力になればいいとわたしも思います。盤にはその力がある。しかし、人を変えるのは道具ではなく自分自身です。盤が持ち主と添い遂げられれば、それでいい」

おまえこそ変わらねえ、と男はもう一度笑うが、利仙はにこりともしなかった。

よくわからないんだけど、と蛍衣が横からささやいてきた。

「黒魔導師と白魔導師みたいなもの？」

「何そのゲーム脳」

ははは、と笑って蛍衣が脳天に拳骨《げんこつ》をぶつけてきた。

笑いながら人をぶたないで欲しい。

「でも、あの人の盤、ちょっと使ってみたくならない？」

「少しね」と、愼もこれには同意する。

利仙が咳払いをした。

「話はもっと単純です。あなたが市井《しせい》の愛好家を騙《だま》していることに変わりはない」

お師匠みたいなこと言うなよ、と相手の男は冷ややかに応えた。

「何事も騙されるほうが幸せさ」

「心の歪みは、盤の歪みとなって表れます」

「いっさいが歪んだこの世界は、俺の盤にこそふさわしいと思わないか？」

利仙はそれには応えず、連れを待たせてますから、と先を急ごうとした。

待てよ、と男が杖を振って行く手を遮った。

「近々遊びに来い」と名刺を差し出す。「今回はすごいぞ。鶴山《かくざん》の〈紅炎《こうえん》〉が手に入った」

一瞬、利仙は虚を衝《つ》かれたように目を丸くした。

「偽物です。あの盤は、これから美術館に展示される予定だと発表されていたはず」

「吉井利仙は、実物を見もしないで真贋《しんがん》を断じるのか？」

利仙は首を振り、名刺を投げ捨てた。

二人は無言で対峙《たいじ》していたが、やがてどちらからともなく足を踏み出した。そのまま、それぞれの行き先へ消えていく。名刺はしばらく宙を舞い、近くの地面に落ちた。

蛍衣が素早く手を伸ばしてそれを拾う。

住所とともに、安斎優《あんざいゆう》、と男のフルネームが書かれていた。

嫌な予感がして、横目に蛍衣を窺った。蛍衣はにんまり笑ってこちらを見ていた。

3

安斎宅の一階は駐車場になっており、高級車がいくつか停められていた。古い、和洋折衷の建物である。三階に盤作りの工房があるそうだが、安斎は企業秘密だと言って隠した。場所は神楽坂の住宅街。

入口で蛍衣は保険のセールスを名乗り、安斎はようこそ女王様と言ってドアを開けた。

問題の盤は、桐箱をかけられて二階の洋間に置かれていた。

盤を囲むように、来客用のソファが並べられている。見回すと、背後に書き物机があった。洋酒を飾った棚、そしてロッキングチェア。掃除は行き届いていた。置物に交じって、読みかけの時代小説や誰かのサインが書かれた野球ボールがある。

「すごいよ」蛍衣が小声でささやきかけてきた。「なんか、儲《もう》かってる？」

「そうでもないさ」

後ろからの声に、二人同時に振り向いた。

安斎が片手に杖をつき、空いた手にジュースを載せた盆を持っている。

「大きな取引なんか滅多にありゃしねえ。こうして生きてんのは駐車場のおかげさ」

「なんで偽物作りなんかを？」

「そりゃあ、金のためさ。俺は俗物なんでね」

意を決して訊ねてみたのに、あっさりいなされてしまった。問題の盤を見下ろした。

「……この盤も、大きな取引の一つ？」

それには応えず、安斎は盆をサイドテーブルに置いた。

「まあ、ゆっくりしてってくれや」

生返事をして、慎はテーブルのグラスに手を伸ばしかける。同時に、薬でも入っているのではないかといらぬ心配がよぎる。

躊躇っていると、蛍衣が横目に慎を窺い、それから一息にジュースを飲み干した。

「悪者ほど信頼を大切にする。だからケチな真似はしない」

こういうときの蛍衣は、妙に説得力がある。でも、そういうことは本人がいないところで喋《しゃべ》って欲しい。

ははは、と安斎が上機嫌に笑った。

「俺は悪者かい？」

「碁の解説中に身体を触ってきた朝實《あさみ》先生にちょっと似てるかな」

「ちょっと！」慎は我にもなく声を上げる。

「まあ、そのあと慎がやっつけてくれたし」

蚊帳《かや》の外に置かれた安斎は、しかし楽しげに向かいのソファに腰を下ろした。

どうもこの男のことが読めない。

安斎が手を伸ばし、盤を覆《おお》っていた桐箱と布カバーを外す。刹那《せつな》、榧の木の甘い香りが漂い、散っていった。

厚みは六寸ほど。

梔子を象《かたど》った脚は、線が細い。木目は天柾《てんまさ》を描いている。問題は、その先である。側面の木目には、幾筋もの涙の跡のような赤黒い線が入っているのだった。

「綺麗」隣で蛍衣が漏らした。「これが偽物？」

どうかな、と安斎はとぼける。

「仲介業者によると、本物だそうだ」

「この赤い線は？」

慎が訊ねると、樹脂さ、と安斎が答えた。

覆いの布を小さく畳んでから、よ、と安斎は身体を起こす。

「榧は血を流し、それはときに消えない染みとなる。だから、そうならないよう俺たちは注意を払うわけさ。ところが、まれにこういう奇跡が起こることもある」

元は失敗作であったようだと安斎は言う。

盤が作られたのは江戸時代。碁盤師として修業中であった鶴山が、盤に適さない榧材を惜しんで作り上げたものだという。むろん、銘は入れられなかった。鶴山は名をなしたあとも、修業時代を忘れぬようにとこの「失敗作」を手元に残した。

「鶴山の死後、無銘の盤は作者不詳のまま人から人へ渡った」

失敗の所以《ゆえん》であるはずの赤い筋。

しかしそれが玄妙な味を出しているとして、盤はいつしか嘉名《かめい》を得ていた。鶴山の修業時代の作は流出し、相当数が出回っている。しかし、名品とされるのはこの一面だけ。

紅炎――またの名を、焰《ほむら》の盤。

しかし、なぜだろう。安斎が贋作師《がんさくし》だと知ってしまったからだろうか、盤の佇《たたず》まいに不自然さを感じた。身を乗り出しかけたところで、安斎が盤を桐箱で元通りに覆った。

「どうだい。坊やなら一千万で譲ってもいいぜ」

「偽物だとしたら高くない？」

「馬鹿言え」安斎が不敵に笑った。「俺の偽物なら、倍の値をつけたっていいんだ」

石段の途中で地域猫が欠伸《あくび》をした。

艶《つや》のある毛並みが、真上に昇った陽光を照り返す。通行人が接近を試みるが、猫はあと少しというところで尾を立てて逃げていく。

「ああ」

窓越しにそれを見ていた蛍衣が嘆息した。

神楽坂駅近くの喫茶店である。テーブルには、先ほどの盤が映ったカメラの液晶画面。帰り際に写真を撮ってもいいかと蛍衣が訊ね、安斎は快く承諾したのだった。

慎は画像を拡大して目を凝らすが、それで真贋がわかるものでもない。

「打ってみたかったな」

それが慎には心残りだった。

〈焰〉の傍《かたわ》らには碁笥《ごけ》が置かれていた。ところが、慎が白石を取り出して打とうとしたところ、安斎は血相を変えて手を摑《つか》んできたのだった。

石を打てば、盤はわずかながらも凹む。

それはやがて幾重にも折り重なり、盤の天面に石波《いしなみ》とよばれる起伏を生む。だから、古美術品としての囲碁盤において、石を打つことはできない。

どうしても打ちたいなら買うことだと安斎は念を押した。

「やっぱり怪しいよ」

蛍衣がテーブル越しに身を乗り出してきた。

「きっと、石音に違いとかがあるんだ」

「でも、偽物だと余計高くなるんだよね」

ううん、と二人して腕を組む。

ただでさえ真贋がわからないのに、安斎の一言で余計に混乱させられていた。しかも、安斎は盤の写真まで撮らせたのだ。

　そもそも、木目のある盤の贋作などありうるのか。行き詰まったところで、二人ぶんのコーヒーが運ばれてくる。ふわりと、香ばしい匂いが卓上を覆った。

「もし」

と、このとき、奥の一人がけの客が声をかけてきた。

「あの盤を買われるのですか？」

　突然のことに、思わず相手を凝望《ぎようぼう》してしまう。

　どことなく品を感じさせる初老の男性だった。白髪をバックにまとめ、カーディガンを羽織っている。カップの横には、読みかけの雑誌と老眼鏡が一つ。

「まさか！」蛍衣が手を振って答えた。「あたしたち、そんな風に見えます？」

　ああ、と男が我に返ったようにつぶやいた。

「驚かせて申し訳ない。困っているもので、つい……」

　慎は蛍衣と目を見合わせる。

　蛍衣が頷き、男のそばへ椅子を引っぱった。

　男は綿井哲郎《わたいてつろう》と名乗った。商社の役員であるが、あるとき碁狂いの社長から囲碁盤の購入を命じられた。その社長が指定したのが、安斎の持つ焔の盤であったのだという。

　名目は節税。

しかし綿井が調べたところ、焔を所有しているとされるのは荻窪《おぎくぼ》の寺だという。すると安斎のものは贋作かもしれず、逆に真作であっても、盗品ということとなり企業としては買えない。

あげく、社長は盤が手に入ればそれで碁を打つと言い出した。

こうなると、減価償却の対象になるかどうかもわからない。

「偽物なら偽物でわたしが責任を問われ、本物なら本物で名品が台無しになります」

綿井が苦り切った口調でつづけた。

「最善の策は、あれが偽物だと言える材料を集め、社長を諦めさせることです。ところが、絵画すらよくわからないわたしには、碁盤となると見当もつかない有様でして」

そして、閉口していたところに、安斎邸を出る慎と蛍衣を見かけた。

気がつけば、何か情報が得られないかと、あとをつけていたということだった。

「知り合いの古美術商に聞いても、囲碁盤は難しいと言うのです」

「残念だけど、あの盤のことは僕らも――」

と、ここまで言ったところで、蛍衣が首根っこを摑んできた。

「ちょっとあんた」

「何?」

「何じゃないでしょ。綿井さん困ってるじゃない」

「どんなことでもいいのです」綿井が重ねて頭を下げた。「何かご存じではありませんか」

「そんなこと言ったって……」

このような場面で頼りになりそうな人間は、一人しか思い浮かばない。

怒られるのは僕なんだよなと思いながら、慎は懐《ふところ》から携帯端末を取り出した。

4

庭の木陰に雀《すずめ》が群れていた。雀たちは人に懐《なつ》き、慎たちの足下にまとわりついて離れない。塀越しに、魚屋や揚げ物を売る店、中古ゲーム店などのざわめきが漏れ聞こえる。

ここは荻窪の光専寺《こうせんじ》。

浄土宗の寺である。

街のなかで、この一画だけ気温が低いように感じられた。

「あれから、様子がおかしいとは思ったのです」

利仙は呆《あき》れた口調でつぶやくと、慎と蛍衣を交互に見比べた。

蛍衣が視線を逸らす傍らで、慎は目を伏せる。昨日、慎から連絡を受け、一通りの事情を聞いた利仙は、開口一番に「碁は闘いです」と言ったのだった。いわく、いつ誰に足を掬《すく》われるかもわからない。だからこそ、迂闊《うかつ》な行動は控えておくべきだと。

それから、焰の盤を所有しているとされる光専寺へ行こうと利仙は口にした。愼は安斎の盤の写真も送ってみたが、それだけでは利仙にもわからないという。

寺を訪ねると、住職はちょうど檀家回りに出ており、境内で待たされることとなった。そして、いまに至るというわけだ。

利仙はしばらく庭の地面を眺めていたが、やがてゆっくりと目を上げた。

「そもそも、囲碁盤の偽物とはどういうことなのか」

「あれじゃない？」蛍衣が指を立てた。「ほら、新カヤでできた盤とかさ」

「新カヤは偽物ではありません」利仙が柔らかく応えた。「あれは、確かに榧とはまったく別の木材です。しかし、定期的に油で磨いてやれば、充分実用に耐えうる」

問題は、それを榧盤と称して売る業者がいることだと利仙は言う。

この場合、確かに偽物の盤と言える。絵の模写も、模写として売れば偽物ではない。物品単体としての偽物はなく、真贋は、あくまで商行為の形態によって二次的に発生するのであると。

「以前、黒ずんだ桂の盤を明るい色に着色したことがあります。それによって気持ちよく使えるというなら、盤の着色とて、悪いものではないとわたしは考えます」

「決めるのは持ち主ってこと？」

ええ、と利仙が頷いた。

「棋具に貴賤《きせん》はない。そして、棋具に罪はない。それらは、人の心にのみ宿るのです」

己れの偽物は倍の価値があるのだと言い放った安斎。

立場は違えど、利仙の言には似たところがあると慎は思う。

「同じことは、盤の修復についても言えます」

榧の木は自己修復性が強い上、巧みに作られた盤は歪みや狂いがきわめて少ない。だから、生涯を通じてつき合う品にもなりうる。

であれば、おのずと修繕の技術が発達する。

「摩耗した天面は、少しずつ削り直せばいい。小さな傷は水でも直りますが、そうでないものには埋め木を施す。埋め木のための木材は、脚を嵌《は》めるための穴など、盤自体から採取します。大きな傷はそうはいきませんが、似た色や木目の材を嵌めこんだりする」

「でも……」

別の木材を埋めれば、その部位だけが浮き上がって見えそうなものである。

が、そうではないのだと利仙は言う。

「腕のよい碁盤師であれば、傍目《はため》にはわからないほど、そっくり元通りに復元します。今度、対局場の碁盤を見てごらんなさい。意外なところに修復の跡が見つかりますよ。案外、人間の目とはいいかげんなものなのです」

「修復も、広い意味では偽物ってこと？」

「さて」

と、利仙は中空に目を向けた。

「盤を大切に修復してきた者は、その行為をなんと呼ぶものでしょうか」

「わかるような、そうでないような……」

修復はともかく、名のある盤のコピーは、やはり偽物であるように思える。

それ以前に、既存の盤をコピーするというのは可能なのか。かつて利仙は、木目は盤の指紋のようなものだと言っていた。そう慎が訊ねたところ、

「その通りです」

利仙が頷いた。

「木目は囲碁盤の指紋。二つと同じものはない。絵画のような贋作は、通常はできないと考えてよいでしょう。できないから、わたしたちも写真や記憶を頼りに鑑定をする。逆に言えば、だからこそ盲点も生まれる」

もったいぶった言い回しは利仙の癖だ。慎の横で、蛍衣が眉をひそめる。

「安斎さんの盤は、木目が違うってこと？」

「ところが、そうではないのです。少なくとも、きわめて似た木目だと言えます」

「そうだ」

蛍衣がぽんと手を打った。

「薄く切った木材を、ケーキのミルフィーユみたいに重ね合わせる」

「そんなことできるの？」慎は思わずささやきかける。

「できるわけないじゃない」蛍衣も小声で返してきた。

利仙はしばらく考えこんでいたが、やがて二、三度と瞬きをして、

「その発想はありませんでした」

と、真面目な口調で応じた。

「安斎の方法はもう少し単純です。もっと言うなら、年代測定まで騙し通す」

慎と蛍衣が押し黙っていると、いいですか、と利仙がつづけた。

「木目は、木という生物の断面です。すると、そこには向かい側がある。安斎も言っていたはずです。鶴山の、修業時代の作は相当数出回っていると」

「わかった」と蛍衣。

「そうです。まず、焔の盤の前後左右、そして上下の木材を見つけ出す」

それは囲碁盤であったかもしれないし、あるいは家具や衝立《ついたて》であったかもしれない。

そのうち最低で二面、できれば六面すべてを探し出す。

「そのままでは、木目が左右逆になりますので――」

薄く切り取り、傍目にはわからないよう裏返しに接《つ》ぎ合わせていく。

実際は、木材は乾燥させてから削るので、厳密に向かい側の木目は取れない。パーツを

組み合わせる都合上、継ぎ目も生じる。しかし、人間の目はあてにならない。まったく異なる材を使った修復さえ、見落とすことがある。

「そこまでやるのが安斎優という男です。ただ、そうなると解《げ》せない点もある」

「解せない点？」

「今回、安斎はそこまで準備していない可能性があるのです」

そう言って、利仙はバッグからタブレットを取り出した。

愼から受け取った焰の盤の写真を表示し、隅のあたりを拡大する。木目の一部が、縞《しま》状《じょう》に滲《にじ》んでいるのがわかった。

「これをどう見ますか」

「モアレじゃないの？」

木目のような縞模様をデジタル撮影すると、周波数のずれが新たな縞模様を生む。それが、デジタル写真における干渉縞《モアレ》である。

「そうです」利仙が頷いた。「ただし、写真の解像度は充分に高い。すると、このモアレは撮影によって生じたものではない。最初から、盤の側に存在していたのです」

「まさか……」咄嗟《とっさ》に次の言葉が出ない。「この木目が、印刷だって言うの？」

「でもあたし、こっそり触ってみたよ？」

愼は思わず蛍衣に目を向ける。

蛍衣が目を逸らした。

「触った感じ、確かに木であるように思ったけど……」

「プリントウッド技術か、それに類するものを使ったのです」

耳慣れない言葉が出てきた。

訊けば、薄く切った木材の向こう側に印刷物を重ねる技術なのだという。それではうっすらと下の木材の木目が出てしまうので、重ね合わせたときに焰の盤の木目が浮かび上がるよう、コンピュータに差分を計算させる。

しかし、その貼り合わせがずれると、このようなアナログの干渉縞が発生する。

「これならば手触りの面はクリアできます。まして、盤の側面には蠟《ろう》が引かれる」

盤の顔は側面の木目である。天面は、側面ほどには注目されない。

そして側面には蠟が引かれるため、手の感触もごまかしやすい。

ここまで話したところで、ようやく寺の住職が姿を見せた。利仙が事情を説明すると、

「困ったものだな」

開口一番に、住職がぼやいた。

「そういえば数ヶ月前、どうしてもと頼まれて貸し出したことがあった。そのときは、すぐに返ってきたんだが」

三人は顔を見合わせる。

安斎は、だいぶ前より〈紅炎〉の贋作の準備をしていたはずだ。その上で、安斎か彼の手の者が盤を借り受けたとするなら、仕上げのために実物を見ようとした可能性が高い。

するると、贋作が完成したのは、その貸し出された期間ということか。

「それは、安斎という碁盤師ではありませんでしたか？」

住職は少し考えてから、それは違うはずだと答えた。

「どこぞの商社の役員を名乗っていたが」

「え？」愼と蛍衣の声が重なった。

「盤の昔の写真などがあれば、念のため見ておきたいのですが」

「前に雑誌の取材を受けたな。探せば現物が見つかると思うが……。しかし、うちのが贋物だと噂《うわさ》も立ちはじめている。こうなった以上、美術館に貸し出すわけにもいかないか……」

利仙はしばらく腕を組み考えこんでいたが、

「こうしましょう」

と、涼しい顔で提案した。

「真作を所持していると主張しているのが、いま名前の挙がった安斎という人物です。そこで、この際ですから盤を並べて見比べてみませんか」

「待ってよ」と、思わず愼が割りこんだ。

そんな申し出をしたところで、安斎が受けるはずもない。

「そうでもないかもしれませんよ」

利仙が先回りして言った。

「むしろ問題は、これが贋作事件なのか盗難事件なのかという点なのですよ」

師の真意がわからず戸惑っていると、利仙は一言だけつけ加えてきた。

「あとは、盤面に線を引くだけです」

5

夜の虫の鳴く声がした。

頭の上で、古い蛍光灯が明滅する。部屋の奥では、安斎が痺《しび》れを切らして利仙たちを待っていた。その傍らに、藤色の風呂敷で包んだ囲碁盤があった。

場所は、ふたたび荻窪の光専寺。

その裏堂の六畳間である。

利仙の傍《そば》には、見物気分でやってきた慎と蛍衣がいる。遅れて、住職がもう一つの囲碁盤を抱え、息を切らしながら入室した。全員が揃《そろ》ったところで、

「さて」

立ったまま、利仙が一同を見渡した。

「ここに、焔の盤を持つと主張する者が二人います。こうなると、おのずと真贋の検証が避けられません。問題が複雑になるのは、安斎の盤が真作であった場合です。それは、かつてこの盤が貸し出されたとき、すり替えられ、盗まれたことを意味します」

しかしながら、と利仙がつづけた。

「安斎の側は、仲介業者から購入しただけだと主張している。善意の第三者というわけです。ですから、この点をどうするか、先に話し合っておきたいのですが」

これを受け、住職が口を開いた。

「……寺としては、本物が戻ってくればかまわない。金は出せないが、それ以上の追及もしない。これが精一杯のところだが、どうだろうか？」

「かまわんぜ」

不利な条件であるはずだが、安斎は軽く答えた。

おそらく、と慎は想像を巡らせる。

安斎は、おのれの贋作を本物以上に本物であると自負している。するとこれは、彼にとって、利仙の目を欺いて真作を手に入れる機会なのではないか。

「俺だって碁盤師のはしくれさ。真作は、あるべきところに収めるものと考える」

安斎が嘯《うそぶ》き、包みを広げはじめる。

桐覆いが外されると、閉じこめられた香りが放たれ、一瞬、榧の森にいるように錯覚した。まもなく、二つの盤が部屋の中央に並べられた。

並んだ双子を見るようだ。

蛍衣が身を屈め、寺の側の盤に鼻先を近づける。それから、ふと何かに気がついたように、「これかな」と慎を呼び寄せた。

彼女が指さす先、盤の隅には干渉縞があるのだった。

「これって、プリントなんじゃない？」

どれ、と住職も興味深そうに覗きこむ。だんだんと、混乱してきた。干渉縞があったのは、安斎の盤ではなかったのか。

その安斎が不敵に笑った。

「優秀な子供たちじゃねえか。なあ、利仙？」

誰も応えないので、安斎はそのままつづける。

「すると、俺はこの〝偽物〟をそのまま持ち帰ればいいのか？」

利仙は珍しく考えあぐねている様子だったが、

「なるほど、それは印刷物を貼りつけたものかもしれません」

と、足を前へ踏み出した。

「ならば無論、わたしたちは検討しなければならない。印刷の下が真作である可能性を」

そう言って、利仙は寺の盤に手をかけ、側面のプリントを一気に剝《は》がした。

下から現れたのは——まったく同じ模様の木目であった。

わけがわからなくなってきた。プリントされていたのは安斎の盤であったはずだ。——そうか。盤を返すときに、本物に対して加工をした。そしていま、プリントなしの偽物を持ちこみ、本物を持ち帰ろうというのか。

勝手に納得していると、利仙は愼の想像とまったく逆のことを言い出した。

「こんなシナリオが考えられます」利仙が手のなかでプリントを丸めた。「安斎の狙いは、贋作を作ることではなく本物を手に入れることだった。そこで、仲間を使って盤を借り受け、偽物を作ってすり替えを行った」

「ほう？」安斎が口角を歪めた。

「寺の盤は人知れず贋作に変わり、真作は人知れず闇に流れるはずだった。ところがその後、盤は美術館に展示されることとなり、あなたのせいで、寺の盤は偽物であると噂まで立ちはじめた。結果、不審に思う者たちが増えてきて事態が大きくなってしまった」

だから、と利仙が安斎を向いて言った。

「あなたはわたしを巻きこみ、写真まで撮らせ、手持ちの盤が贋作であると言わせようとした。愼たちを家にまで招き入れたのは、わたしをかかわらせ、穏当に盤を返すためでしょう。たまたまわたしが上京していなかったら、おそらく別の誰かでも巻きこむつもりだった」

「俺が、そんな七面倒なことをやらにゃならない理由があるのか？」

「事態を収拾するためでしょう。贋作を真作に見せることは難しくとも、真作を贋作に見せるのは容易です。綿井哲郎という人物は、慎たちに盤が贋作だと匂わせ、わたしを巻きこむためにこそ存在した。これは、贋作師であればこそ可能な一手でした」

「御託《ごたく》はいいがよ」

黙って聞いていた安斎が露悪的につぶやいた。

「贋作であるかのような加工がされていたのは寺の盤だぜ。それにどうする？　前以上にそっくりな盤が二つになっちまったじゃないか」

「人間の目はあてになりません」利仙が静かに応えた。「ならばいっそのこと、機械に判定してもらいましょうか」

利仙は荷物からノートパソコンを取り出し、そこに蛍衣のデジタルカメラを接続した。

「なんだそれは？」

「時間短縮ですよ。追跡性《トレーサビリティ》システムと呼ばれるものです」

言いながら、利仙はカメラを使って二つの盤を横から撮影する。

画面上のウインドウに、盤の木目が表示された。

「本来の用途は、原材料が消費者の手に渡るまでの流通の管理。木材の場合は、年輪という〝指紋〟があるため、バーコードを読み取るように管理できるわけです。開発段階のものではありますが、これを使って、古い写真と現在の写真を照合してみましょう」

ふん、と安斎が画面に鋭く目を向けた。

利仙は昔ながらの方法で囲碁盤を作るが、ときおりこうした技術を使う。

オリジナルとして古い雑誌の写真が読みこまれ、比較対象として安斎の盤が指定された。

照合はすぐに終わった。

同一の木材である、と結果が出た。

「すると？」慎は首を傾げる。

「寺の盤がすり替えられていたということですよ。寺から借り受けられた真作は、返却の際に安斎の贋作と入れ替わり、真作は、今日この日まで安斎の手のうちに留まっていた」

利仙は寺に返された偽物の盤に向き合い、巧妙に隠されていた木材の継ぎ目を見つけ出した。それから、贋作に元通り桐箱をかけて包みで覆うと、「さあどうぞ」と安斎に差し出した。

安斎が不機嫌そうに舌打ちをした。

その直後だった。頭上の照明が落ち、裏堂の六畳間は闇に包まれた。

ばたばたと誰かが駆ける足音がした。闇のどこかで、人と人がぶつかりあう。ふたたび蛍光灯が灯ったとき、住職は部屋の入口で尻餅《しりもち》をついていた。

ふん、と安斎が鼻で笑い、贋作を持ち帰るべく盤を風呂敷で覆った。

「待って」思わず、慎は声を荒らげていた。「ええと、その……」

「何か？」

「いくらなんだって怪しいだろ！」

安斎は一度瞬きをしてから、

「ああ。脅かして悪かったな」

と、ポーカーフェイスを崩して笑った。

「話してやるよ。実際、いまの停電は俺の仕業さ。だが、それはもしもの保険でね」

「保険？」

「最初から、俺は本物になど興味はなかった。ところが事故が起きてね。寺に盤を返すよう仲間に指示したとき、そいつは間違えて俺の作りかけの偽物を返しやがったんだ。何年もかけて調査をして、木材まで収集したのに、最後にこのざまさ！　まったく似すぎているのも困りものだな」

綿井と名乗ったあの紳士が頭に浮かぶ。

「でも、俺としては不本意な贋作さ。あまつさえ、実験中だったプリントウッドまで貼りついている。それが自分の手から離れちまった。板の継ぎ目だって、あんな簡単に見つかるはずじゃなかった。あげく、よりによって美術館に出されるって言うじゃねえか。完成品ならこの際かまわねえ。だが、失敗作が人目に触れるのはお断りだ」

だから、と安斎はつづけて言う。

自分の目的は利仙を巻きこみ、話をつけてもらって贋作を回収することだったのだと。あの神楽坂の一室で、わざわざ半端なプリントウッド加工を本物に貼りつけて、愼たちの目に触れさせたのは、少しの稚気と、それから怪しませて巻きこむため。

電気系統は、利仙が真贋を間違えたときや、話がこじれたときのために細工しておいた。むろん、闇のなかで盤をすり替え、贋作を持ち帰るためにだ。

「なるほど」

利仙がつぶやき、残されたもう一方の盤に目を向ける。

「……確かに、残された盤が真作のようですが」

「そんなわけさ」安斎が悪びれずに言う。「利仙、おまえは実にいい仕事をしてくれた」

それだけ言い残し、盤を抱えて安斎は出て行ってしまった。

盤を交換し、それ以上の追及はしない。当初の約束通りではある。焔の盤の真作も、寺に戻ってきたということだ。しかし、何か一杯食わされたようで癪でもある。

愼が憮然《ぶぜん》としていると、

「では」

利仙が蛍衣に合図を送った。

蛍衣が頷いて、隣りの部屋からもう一つの盤を持ってくる。

「それは？」

利仙はそれには応えず、桐箱を外して盤の天面を撫《な》でると、

「うむ」

と、満足げに頷いた。

「やはり、安斎の贋作は惚《ほ》れ惚《ぼ》れする出来です」

見上げると、蛍衣がしてやったりという顔を利仙に向けている。

「蛍衣さんに手伝ってもらいました。電気系統に仕掛けが見つかりましたので、停電が起きたら偽物とわかった盤をすり替えるようにと」

「待ってよ」言ったきり、なかなか次の言葉が出ない。「理由は？」

「慎が言ったのではないですか。安斎の盤を使ってみたいと」

するとなんだ。

安斎は計略をめぐらし、贋作を奪おうとした。そして利仙もまた、贋作を奪おうとしていた。そういうことになる。

「……それなら、事前に教えてくれたって」

「言いつけを聞かなかった罰です。それに敵を騙すなら、まず味方からと言うでしょう。

慎は実にいい反応をしてくれました」

堪《こら》えきれずに蛍衣が噴き出した。

「安斎としても、停電を仕掛けたのが自分だから警戒しなかったわけです」

そうつづける利仙はあくまで飄逸《ひょういつ》だ。

「詐欺の常道は——そう、うまくやったと相手に思いこませること」

待ってよ、と慎は今日何度目かの台詞《せりふ》を繰り返す。

「整理させてくれるかな。まず、住職の手元には、本物が戻ってきた」

住職が頷いた。

「で、安斎さんの盤は、いまここにある。それなら、安斎さんが持って帰ったのは？」

「ごめんね」そう言いながら、蛍衣は台詞と逆の表情をした。「勝手に受け取っちゃった」

「え？」

「もちろん」利仙が簡潔に答えた。「慎がオークションで落とした盤です」

花急ぐ榧《かや》

鎌倉比企ヶ谷妙本寺境内に、海棠《かいどう》の名木があった。こちらに来て、その花盛りを見て以来、私は毎年のお花見を欠かした事がなかったが、先年枯死した。枯れたと聞いても、無残な切株を見に行くまで、何んだか信じられなかった。(中略)傍で、見知らぬ職人風の男が、やはり感嘆して見入っていたが、後の若木の海棠の方を振り返り、若いのは、やっぱり花を急ぐから駄目だ、と独り言のように言った。蝕まれた切株を見て、成る程、あれが俗に言う死花というものであったかと思った。中原と一緒に、花を眺めた時の情景が、鮮やかに思い出された。

——「中原中也の思い出」小林秀雄

1

トンネルを抜けたばかりで、まだ耳の奥が痛む。

欠伸《あくび》をしていると、春のスキー場が両脇に迫ってきた。場所は、越後湯沢《えちごゆざわ》を過ぎたあたりだ。電車のなかは空調が効き、しんと静まっている。小声でささやき合う親子や誰かが弁当を広げる包み紙の音、衣擦《きぬず》れ、首を回す音などが聞こえるばかりだ。

落ち着かなかった。

慎《しん》は車内販売員を呼び止め、コーヒーを買い求める。

窓際の席から、蛍衣《けい》が腕を突《つ》いてきた。見せたい景色があったようだが、慎が振り向くより早く周囲が暗転する。また別のトンネルだった。

ああ、と蛍衣が声を漏らす。

明後日には女流タイトルの準決勝があるはずだが、いま一つ緊張感が感じられない。

「なんでそんなに元気なんだよ」

「珍しいんだもん。こういうことに、慎がつき合ってくれるなんてさ」

「碁の勉強は、出先でもできるからね」

慎が応えると、蛍衣は唇を尖《とが》らせて外の暗闇へ目を背けた。どうかしたのかと訊ねると、なんでもないと応えが返った。慎は小首を傾《かし》げ、コーヒーに口をつけた。

そんな慎たちの様子を、通路を挟んで見守る男がいた。

男は杖に寄りかかりながら、忍び笑いを漏らした。

「おまえさんたちは仲がいいな」

痩せぎすの身体に、鋭い眼光。この男の存在が、先ほどから落ち着かない原因だ。

名は安斎《あんざい》優《ゆう》。

生業《なりわい》は、囲碁盤の贋作《がんさく》である。〈焔《ほむら》の盤〉の事件でかかわって以来、慎たちのことを気に入り、どうやって連絡先を探り出したものか、妙に親しげに手紙の類いをよこしてくる。

慎が師と仰ぐ利仙《りせん》からは、安斎には近寄らないようにと厳命されている。しかし蛍衣はときおり会って話をしているようで、慎としては気が気ではない。

安斎は杖を持ち直すと、人の悪そうな笑みを蛍衣に向けた。

「そりゃ、この坊やもやってくるさ。利仙がかかわることとなればな」

発端は、安斎から慎の携帯に送られてきた囲碁盤の写真だった。

本文はなし。

一種の謎かけか、あるいは挑発のようなものであろうと、写真を注視してみた。

榧《かや》製の盤だった。厚みは六寸ほどである。一見すると悪くないが、どことなく、いびつな雰囲気を宿してもいた。この盤を使いたくない、そう躊躇《ためら》わせる何かがあった。失敗作と思われた。

利仙とつき合っているうちに、慎自身、だんだんと棋具に対する目が肥えてきている。その後、蛍衣と会う用事があったので写真を見せたところ、慎と同じ意見だった。このことに後押しされ、慎は「いい盤ではないと思う」とその場で返信をした。

まもなく電話があった。

「正解だ」

挨拶もなしに安斎は言ってきた。音漏れを聞いた蛍衣が、視界の隅で親指を上げた。

しかし、どうも試されているようで素直に喜べない。

慎が黙っていると、

「だがよ」

と、安斎が回線の向こうでつづけた。

「これが、あんたのお師匠の作だと言ったら？」

「利仙先生の？」

「疑うなら本人に見せてみればいい。それより、来週時間を空けておけ。おまえさんに見せたいものがある」

横車を言うだけ言って、安斎は間を置いた。

思わせぶりな口調は、弟弟子の利仙と似たところがある。結局、愼のほうが根負けした。

「見せたいものって?」

「放浪の碁盤師、吉井《よしい》利仙――その彼が失敗作を拵《こしら》えるに至った真相さ。場所は、ちと遠いんだがな。細かいことはまた連絡するさ。そうだ、どうせならあの子もつれて来い」

「待って――」

電話が切れた。

どう断りを入れたものか途方に暮れる。それから、ふと嫌な予感がして顔を上げた。

一部始終を聞いていた蛍衣が目を輝かせていた。


左右の残雪が深くなってきた。

鈍行を乗り継ぎ、その後はバスで山を登っていく。まだ枯木が多い。そのなかに、まるで輝点のように一本の山桜があった。一人、二人と乗客が減り、やがてすれ違う車もなくなった。

蛍衣の準決勝の話が出た。

相手は高八重笑《たかはええみ》五段。トリッキーな棋風で、いくつものタイトルを獲得してきたベテランだ。若手時代はのびやかな碁を打っており、どちらかと言えば、愼はそのころの棋譜を好んでいる。だが戦略はそれぞれであるし、棋士が棋風を変えるのは、相当の決断であるはずだ。こうした選択に、余人がどうこう言えるものではない。

不得手な話題であるのか、安斎は枯木の群れに目を向けたまま、口を開こうとしない。

遠くを見るときの安斎の目は、利仙のそれに似ていると慎は思う。

「まだ着かないのかな」

その横顔に向けて、慎は声をかけた。

「安斎さんだって忙しいんでしょ。どうして、こんな場所にまで？」

場所や目的について、これまで安斎は多くを語らずにきていた。いいかげんに明かしてくれという催促でもある。安斎は惚《ほう》けたような顔をしてから、

「命日だからな」

そうつぶやき、俺しか知らないことだがな、と自嘲《じちよう》的につけ加えた。

まもなく終点に来た。

安斎はバスを降りると、ついて来いとも言わずに山道を歩きはじめる。気温は低い。待ってよ、と蛍衣がバッグから上着を取り出した。

真新しいプレハブの小屋があり、その前のベンチで、管理人らしい中年の女性がコンビニのクリームパンを頬張《ほおば》っていた。傍《かたわ》らには、古い車が一台。

通りざまに、安斎は親しげに二、三言交わしていく。

足下で雪が軋《きし》んだ。

動物注意の標識の下を、安斎が先導して歩き出した。安斎は周囲を見渡してから、靴に雪が入るのも厭《いと》わず、獣道のような小径に入っていく。躊躇っていると、蛍衣が一歩前に出て慎の上着の裾を引いた。また山桜があった。

新緑が目立ってきた。

誰かの捨てたビニール袋が、風に乗って地を這《は》い、かさりと慎の向こう脛《ずね》をかすめた。

「何かこう、山のなかって感じ」

空いた手で木の一つに触れながら、蛍衣は同語反復めいた感慨を漏らす。

前を行く安斎がちらと振り返ると、

「景色は内面を広げる」

突然、謎かけでもするように蛍衣に言った。

「恋人が過去に目にした景色に嫉妬《しっと》することはないかい。過去の女とかじゃなくな」

「さあ……」

蛍衣が応じかねていると、安斎は「そうかい」と勝手に納得して足を速めた。

しばらく無言の山中行がつづいた。足が悪いはずの安斎が、一番の健脚であるように見える。ときおり口に含んでいたミネラルウォーターは、すっかり空になっていた。藪《やぶ》で足を切った。安斎が澄ました顔で荷物からタオルを取り出し、鋏《はさみ》で包帯をこしらえて慎の足首に巻きつけた。慎の視線に気づいて、「なに、七つ道具さ」とつぶやいて鋏をしまう。

思わぬ場所に出た。

小さな榧の森だ。

榧の一団はまっすぐ天に伸び、空高くで針葉を茂らせている。幹に触れてみた。利仙ならなんと言うものかと慎は思いを巡らせる。

「驚いたか」

安斎が悪戯《いたずら》っぽく言う。

「榧の自生地としては、このあたりがほぼ北限だがな」

森の中心には、直径一メートル足らずの切り株がある。

よ、と小さく声を上げ、安斎が切り株に腰を下ろした。

「この場所は特別に教えてやるんだ。秘密にしておけよ」

一方的に教えておいて、一方的に秘密にしろと言う。

「おまえさんたちはこの切り株、どう思う」

棋具の材としてどうか、ということのようだ。そう問われても、慎や蛍衣にとっては専門外のこと。まして木材そのものとなると、疎《うと》い。

見下ろしてみた。

榧は盤の良材であるが、国産、まして自生のものとなると稀少になっている。この大きさの榧でも、あるいはちょっとした値になるかもしれない。——けれど。

「もったいないよ」

自然と、口を衝《つ》いて出た一言だった。

一瞬、安斎が目を光らせる。急激に、自信がなくなってきた。

「なんて言うのか……そう、まだ早いんだ」

良い榧である。しかし、良い榧であればこそ。

「もう百年もすれば、もっと見事な榧になったんじゃないかな」

「言うじゃないか」

安斎の口元には、いつもの冷笑が戻っていた。

「おまえさんの言う通りさ。この榧は、もったいない。俺もそう思ったんだがな……」

「これは、あの写真の？」

慎が思い浮かべたのは、利仙の作だという榧盤のことだ。

安斎はそれには答えず、まあ坐れよ、と促した。まず蛍衣が、つづけて慎が腰を下ろす。しかし並んで坐れるほどの切り株でもない。背中合わせになったような、妙な恰好《かっこう》だ。これはこれで、ほどよい距離のようにも感じる。

「見えるか？」

安斎が上を指した。

「この時期、榧は小さな花を咲かせるはずなんだ。俺はもう目が悪くて見えないがな」

促され、天を見上げてみる。

針葉に交じって、枝先についた小さなベージュの点が見えた。それは言われてはじめて気がつくような、団栗《どんぐり》にも似た小さな控えめな花なのだった。

目を凝らす蛍衣に、あれだよ、と愼は特徴を伝える。遅れて、ああ、と蛍衣がつぶやく。

安斎が満足したように頷《うなず》いた。

「決まった季節、決まった色――榧は花を急がない。だが、俺たちは違うと見えてな……」

2

俺は碁盤師だ。知っての通り、贋作師でもあるがな。もっともこれについては、俺自身、かまわないと考えてるのさ。なんら後悔はないし、俺には俺の考えってやつがある。だがよ、若いやつには真似して欲しくないってのも人情でね。

少し前、おまえさんたちの棋譜を見たのさ。

まっすぐな、いい碁に見えたよ。俺は専門じゃないが、棋具を作る人間のはしくれさ。それくらいのことはわかる。でもな、俺はこんなことを思いもしたんだ。

おまえさんたちも、いずれは自分の芸を歪《ゆが》めようと考える日が来る。あるいは、自分が偽物でもいいと思うようになる。そういうものさ。こういうことは、まだわからないかもしれねえな。今日のところは、安斎がそう言っていたとだけ憶えていてくれ。

どうあれ、肝要なのは迷ったときの標《しるべ》のほうさ。

迷う局面で、人に道を示すものとはいったい何か。

利仙みたいな、本物でありつづけた人間の言葉か。だが、必ずしもそうじゃないよな。誰だって、弱ったときほど本物の言葉は耳に痛く、聞き入れがたくなってくるもんさ。ことによると、俺のような偽物だからこそ言えることだってあるかもしれねえ。まあ案外、俺は俺で、誰かに話を聞いてもらいたいだけかもしれないがな。

ま、少しの時間、俺の戯言《ざれごと》につきあってくれや。そう長くはかからねえ。

最初にここを訪れたのは、もう二十年近く前のことさ。

贋作師になるよりも前、俺がまだ駆け出しの碁盤師だったころだ。

この場所を教えてくれたのは——仮にYとしておこうか——女流棋士でな、年は二十代の半ばだった。誰だかわからないよう、少しずつ虚実を交えながら話すぜ。そのつもりで聞いてくれ。

Yは、ちょうど昇段が決まったころらしくてね。記念に、盤を作ってくれということだった。郷里の山に、いい榧が生えているので、それを使って欲しいと言うのさ。

そう、いま俺たちが坐ってるこの切り株さ。

俺はYに先導されて山に入った。彼女はずいぶんオープンな性格でね。当時の俺としちゃ珍しく、来る道いろんな話をしたよ。少年時代のこと。碁盤師の修業のこと。だいぶ打ち解け合った気がした。そこに来て、この榧の森よ。俺はなんだか舞い上がっちまった。

でもな、この木を切るわけにはいかなかったんだ。

人間がいろいろであるように、木もまたいろいろさ。たとえば、すぐにでも切りたくなるもの。食指が動かないもの。あるいは――なんらかの予感を感じさせるもの。この木ががまさにその類いでね。見事な盤になりそうな気配がある。だが、それはいまじゃない。この木切るべきはもっと先、あるいは自分が死ぬよりも先、百年も二百年も未来のことであろうと。

俺はそうYに伝えた。

そうは言っても、俺から見れば相手は小娘さ。それでも切れと我儘《わがまま》を言われるかと思った。だがYは頷いたんだ。それでは、この木は百年先まで取っておきましょう、ってね。

聞けば、生まれたころから親しんできた木で、この場所は親父さんから教わったそうだ。その父親も幼少に亡くし、いずれ入段できたなら、父の思い出に、あるいはお守り代わりに、盤の一面に変えるつもりだったみたいだな。しかし碁盤師が切らぬがよいと言うなら仕様がないので、好きな木であるし、このままに致しましょうと。

俺も頷いた。

だがそうすると、Yとはこれきりになっちまう。俺は咄嗟《とっさ》に訊ねたよ。

「また会ってくれないか？」

「では、またこの場所で」

そう言われて、今度こそ俺は困ったね。何しろ、この新潟の山中さ。普通に考えるなら、迂遠《うえん》に断られたことになる。とはいえ、Yにとって大切な場所を指定してくる以上、無下《むげ》にもできない。こういう駆け引きが、彼女はとにかく上手かったよ。まあ、そういうことがわかってきたのはだいぶ先のことなんだがな。

俺は帰京して、この森のことなどすっかり忘れちまった。

でも、Yは言うなれば公人さ。碁の新聞なんかを見ると、一面に写真が載っていたりもする。なんとなく、記憶の片隅から消えないんだな。そのうちYは勝星を重ね、新人のトーナメント戦で優勝した。雑誌のコメントを見たら、帰郷して父に報告しますということだった。

気がつけば俺は列車の切符を取って、またこの場所を訪れていたよ。

寒い日だったな。

俺はコートを重ね着して、来るわけのないYを朝から待っていた。さすがに馬鹿をやってると思えてきた。帰って熱い茶でも飲もうとした。ところが、日も暮れかけたころ、彼女はやって来たのさ。

「本当に来てくれるなんて」

Yは悪戯っぽく笑った。いま思うと、俺が来ると確信していた表情でもあったがな。

しばらく他愛ない世間話をしたかな。

俺は俺で、再会をはたしたはいいものの、なんとなく次の一手に窮してね。

というのも、Yには何か性別を超えたようなところがあったんだ。明るく、男同士みたいに接してきながら、それでいて自分の若さや器量を勘定に入れている。こんな再会をしながらも心は開かない。求めれば抱けそうだが、自分のものにはならない。踏みこもうにも見えない壁がある……。

いや、つまらない話をしちまったな。

どうも俺は不器用でね、こう順繰りに話していくしかできないのさ。

Yと関係を持つようになったのは、幾度か逢瀬《おうせ》を重ねてからさ。ちょうど五月のいまごろだったよ。榧が花を咲かすころでね。柄になく、契りでも結ぶような思いだったよ。たまに、そんなふうに思わせる相手がいるのさ。それと同時に、俺の本能は何か危険のようなものを察知したんだ。それまでのYの態度に、不審な点はなかったはずなんだがな。

不思議なもんさ。

石を打った瞬間、悪手《あくしゅ》であったと気づくことはないか？　それまでさんざん長考して、変化という変化を追って、それなのに、打った瞬間に思いもしなかった分岐を閃《ひらめ》く。だが、そのときにはもう遅いのさ。こういう危うさってのは、抱いた次の瞬間に気づくことがある。

いや、こんな話、おまえさんたちにはまだ早いのかな……。

とにかく、舞い上がりながらも俺は考えたよ。何かある。この関係は何かおかしい、ってね。だが、それとなく探ってもはぐらかされる。そもそも、自分が何を疑ってるかも判然としないし、疑っているという罪悪感もある。別に何ができるでもない。

だいたい壁のある相手よ。しかも、その壁はガラスでできているときた。割っちまえば、もうそれまでにもなる。

でも、このままでは何かよからぬことが起きる。

そういう静かな直感のようなものがあったね。そしてそういう予感は、たいていの場合、当たるもんなのさ。だがそうは言っても、会って抱けば気は紛らう。そして翌日になりゃ、また寄る辺ない気分に戻る。だからまた会う。次第に溺《おぼ》れていく。

そこにきて、Yはまるで身投げみたいに一途に応じてくる。そういう人間の手ってのは、なかなか離せないもんでね。――わからねえって顔だな。まあ、一種の伝染病とでも思ってくれよ。とにかく、相手を小娘だと舐《な》めていた俺の側が、虜《とりこ》になっちまったんだ。どうだい。利仙のやつは、こんな話はしてくれねえだろう？

やばいと思ったのは、盤の太刀《たち》盛《も》りのときさ。

盤を仕上げるとき、日本刀を使うだろう。刀に漆を塗って、それで天面に線を引いていく。この漆ってやつが厄介でね。生き物のようなもんで、ちょっとの湿度で状態が変わるし、すぐに埃やら何やらが入ってくる。そして、わずかな手の震えで形が崩れちまう。

でも盤の天面は、四季を表すとともに、俺たちがいるこの宇宙さ。

物心《ぶっしん》が揃《そろ》って、やっとその宇宙が姿を現すんだ。

ここで下手を打つやつは碁盤師じゃねえ。それはもう民芸品売りさ。だがよ。その日、俺は線を引くのに失敗しちまったんだ。

俺のなかで何かが崩れた。

いま思えば、このとき俺の心は贋作師になったのかもしれねえな。

結局、俺は夜遅くYに電話をしたよ。Yは翌日に対局を控えてたってのに、全部喋《しゃべ》れと詰め寄ったんだ。彼女は長く躊躇ってな。いまでなければならないかと訊いてきた。俺は答えなかった。

Yがしたのはこんな話だった。

プロになる前の院生時代、とある棋士の下で彼女は修業をしたそうだ。一応、名前はF

としておこうか。このFってのが手が早くて有名でな。Yに目をつけ、碁を教える傍らで手を出したようなのさ。

師弟関係ってやつは、ときに家族よりも強い。その点は、棋士も、碁盤師もそうは変わらねえ。YはYで、師匠を家族代わりのように思っていた。そこにつけこまれたような恰好さ。で、気がつけば、都合のいい相手ってやつだ。

やがて碁すら教えてもらえず、ひたすら抱かれるばかりになった。

それでも彼女はFを信じたらしいんだな。当然、碁の成績は落ちる。加えて、人の口に戸も立てられねえ。Fとのことは噂《うわさ》になり、院生仲間の目も変わってきた。こうなりゃ、ますますFしか頼る相手がいなくなる。

そのうちに、Fに似たような前科が多くあることがわかった。別に女もいる。それでやっと、彼女としても遊ばれている事実が腹に落ちてきた。だが、問いただしたところで、今度は権力者の立場から脅されちまう。

それからさらに二年。足かけ三年、関係はつづいた。

睡眠薬の過量服薬《オーバードーズ》を図ったところで、やっとFのほうが逃げた。求め、相手が壊れれば、それだけの女と見て捨てる。男ってな、そんなもんなのかな。

と、嫌な話をして悪いな。そう、これは嫌な話なのさ。

まして、碁の入門ってやつは年齢が早い。Fと別れたころ、Yはいくつだったのか。

十三歳さ。

その三年前と言えば、十歳だ。考えられるかい。少なくとも、俺はもう何も言えなかったよ。それからYは言った。自分はもう人を信じられない。これればかりはどうしようもない。もう何を求めているかもわからない。だが、俺への気持ちは真実そのものだってな。

その翌日だ。

Yが対局を控える相手は、Fの門下生、つまり弟弟子の一人だった。負けられないとYは強く言っていた。でも、俺との電話を切ったのも、すでに窓から薄明かりが射すころでね。コンディションなんてあったもんじゃねえ。Yは負け、俺の心には引け目が積まれた。

思い返せばこの日さ。

俺が、本当に引き返せなくなったと思ったのは。


そのころだったな。

Yの本性――ま、本当言うと俺も予感していたんだがな――その隠された裏側のようなものが顔を見せはじめたのは。Yはことあるごとに問題を起こしては、俺を頼ってくるようになった。たとえば、車で接触事故を起こしたとか。あるいはそうだな、男と飲んでいる最中に具合が悪くなったとか。

どれも本当は、俺を必要とするほどのもんじゃなかった。

それで、俺も一言窘《たしな》めようと現場へ赴く。だがそこで待っているのは、全面的にこちらを信じ、こちらに委《ゆだ》ねきった赤ん坊みたいな顔なのさ。あとで聞き知ったんだが、こういう相手ってのは、人と接するとき無意識に瞳孔を開くんだってな。まるで赤ん坊みたいによ。

俺の師匠は、別れるようにと助言してきた。

俺は黙って首を振ったよ。一方で、俺の本能は危険を告げつづけた。ところがよ。本能の危険信号ってやつは、振り切れると快楽になるのさ。

ある日、匿名のメールが来た。

内容から、棋士の一人がよこしたものとわかった。ま、男どもの相互扶助ネットワークとでも言うのかな。気持ちのいいもんじゃねえ。要約するとこんな感じさ。

真面目にYの相手をしても、とことん巻きこまれるだけ。ほどほどに楽しむくらいにしておけよ。秘訣はこうだ。一途に尽くさせて、見返りは半分くらいにする。癇《かん》癪《しゃく》だけ上手くあしらえば、また尽くしてくる。そうやって、わずかな光明を与えつづけるんだ。何をさせても心の痛まない手下くらいに思うのがコツさ。

いいかげん、俺もおかしくなってきてね。

Yは Yで、少しでも気に入らないことがあると烈火のように怒り出す。一方で別の男と会っては関係を深めていく。明らかな嘘をつく。呆《あき》れ、突き放そうと思うと、またあの赤子みたいな顔をしてすがる。そうかと思えば、あの山桜みたいな、はちきれんばかりの笑顔を向けてくる。そこには、確かに、何か聖性のようなものが感じられるのさ。

これらいっさいが、Yにとっては意図的であると同時に無意識的でね。

次第に俺は、思い通りにならないことを、すべてFのせいだと思うようになってきた。それどころか、メールを送ってきたのも、あいつの嫌がらせなんじゃないかってね。

いかにしてFに罪を償わせるか――俺は、そんなことばかりを考えるようになった。そのくせ、吐き気のするようなあのメールは、いつのまにか誘惑に変わっていた。

まるでハムレットみたいな気分だったね。

利仙に相談しようと思ったこともある。あいつは、そのころから達観したところがあってね。でも、だからこそ俺も、あいつを意識しないではいられなかった。まして俺は兄弟子さ。こんな恰好悪いところを見せられるわけがねえ。

そのころだったな。

俺の師匠を経由して、新たな盤作りの依頼が入ってきたんだ。その依頼者が誰だと思う？　ほかならぬ、F本人だったんだよ。

3

俺はこれを復讐《ふくしゆう》の機会と捉えたね。

盤は宇宙、石は星——碁盤とは魔術の道具さ。ときに盤は持ち主の力になるし、あるいは人一人を蘇《よみがえ》らせることだってある。逆に言えば、持ち主の力を削《そ》ぐことだってあるし、殺すことだってある。いいか、俺は本気で言っているんだぜ。わかりやすく言うなら、人間のパートナーのようなもんさ。盤は、その持ち主のパートナーなのさ。

俺は文字通りFを殺す盤を想像しながら、いくつもの立木を見て回ったよ。

そのころの俺ときたらまるで水を得た魚だったね。Yの復讐のために盤を作る。気がつけば陽気で社交的な人間にさえなってたよ。さぞや、馬鹿みたいな面《つら》をしてたと思うぜ。

ところがだ。まもなく、俺は壁にぶち当たったんだ。

どこかで集中が切れていたんだろうな。盤のイメージが、どうにも固まらなかった。

それから、俺は自尊心を捨てることにした。慎よ、知ってるか？　何事も、自尊心を捨てる瞬間ほどの最高の刺激はないのさ。俺は、利仙に相談に行くことにしたんだ。それが、終わりのはじまりだとは露知らずな。

Yは俺の様子がおかしいことに気がついていた。

俺が誰かと会う様子を見て、しきりに、誰と会うのか聞き出そうとした。最初は浮気を疑ったようだな。俺もFと同じなのかと、そんなことを問いつめられたよ。俺は利仙という弟子と会うこと、Fの依頼を受けながら隠していたことを明かした。

俺はYがまた怒り出すかと思った。そうではなかった。

Yは観念した表情を見せると、俺がはじめて聞くような声で語り出したんだ。

「怖くて」――言い出せなかったと。

思えばこれが、彼女の真実の声色だったのかな。

聞けば、こういうことだった。かつて、Yは利仙と親しくしていた。Yにとっては、あるいはただ一人、心許せる相手でもあったそうだ。ところが、なんの因果か俺とも出会っちまった。いまも利仙には碁を習っているとYは言った。自分は利仙なしにはどうにもならない、ってね。

そういえば、秋山《あきやま》碁盤店に入る前、利仙は棋士だったからな。でもよ。俺としちゃ、何か騙《だま》されたような気もする。まして相手はあの利仙さ。

だんだん、投げやりな気分になってきたよ。

「終わりにしてくれ」

俺は告げた。正直なところ、心のどこかで利仙に対して溜飲《りゅういん》が下がりもした。何やらさっぱりした気持ちにもなった。盤を作る動機も、宙に浮いちまった。

だからって、簡単に思いが消えるでもねえ。

半端に事実を知らないままなのも癪《しゃく》だしな。それで、俺は利仙に会いに行ったのさ。

場所は都内の古い小料理屋さ。俺がたまに使っていた店で、鶏が美味《うま》くてな……と、なんだい蛍衣ちゃん。ああ、まだ店をやってるはずさ。なんなら今度教えてやるよ。

あいつは、先に着いてカウンターの奥に坐っていたよ。

訊きたいことはたくさんあった。

その前に積もる話もある。何しろ、あいつとしっかり話したことなんかなかったからな。

利仙は俺を一瞥《いちべつ》すると、

「少し寂しいですね」

と、そんな意味合いのことを言った。

どうやらあの野郎、俺のなかの傲《おご》りみたいなものが尽きたと見て、そのことを寂しいと言ったようなのさ。腹が立つと同時に、憑《つ》きものが落ちた思いもした。あいつは、最初から俺を認めていたんだ。これはこれで、腹立たしいところのある事実なんだがな。

しばらく俺たちは何も喋らなかった。

銚子《ちょうし》が来たところで、またあいつが口を開いた。

「Yから突然連絡がありまして。これからも、碁を教えてくれと」

「それがいいさ」

Yには天性の愛嬌《あいきょう》みたいなものがあってね。それが幸いして、メディアでの仕事なんかも多く持っていた。それなのに、引退して棋界からも距離を置いた利仙を頼る。

露出や交流は多くとも、真の味方は少なかったんだな。

さすがに、利仙なしにはどうにもならない、ってのは大袈裟《おおげさ》さ。だが少なくとも、彼女自身がそう思うだけの理由はあったわけだ。本当のところ、俺は話を聞いて胸を撫《な》で下ろしたんだよ。

それと同時に、心の片隅に何かが引っかかった。

「連絡が行ったのか？」

Yの性格上、利仙には何も言わないだろうと俺は考えていたんだ。俺とYのことはどうせ知られている。ならば、何事もなかったように碁を習いつづけるはずだとね。俺と切れる以上は、そういうことになる。

そんな俺の疑問は、利仙にはお見通しだったようだ。

「あなたと別れるつもりもないから、今日わたしたちが会うと困るのでしょう」

たいした千里眼だと思ったよ。

ところで、こういう日ってのは、やたらと細部ばかりが頭に残るものさ。確か、邦楽のインスト版がずっと流れててね。箸袋《はしぶくろ》は無地で、その右上の隅には醤油《しょうゆ》の雫《しずく》が染みていた。入口の引き戸の上には、盗難除けの角大師《つのだいし》の札。それが油で黄色くなっててな。銚子はもう三本目だった。

それにしても、と俺は思ったよ。この千里眼は、全体どういうつもりで俺たちを見ていたのか、ってな。この男が、けじめのない関係をYとつづけるとも思えない。ならば、どういう意図で、碁を教えつづけていたのか。

俺は横目に利仙の顔を窺《うかが》ったよ。ちょうど、あいつが何か言うところだった。

「インプリンティングは知っていますね」

「そりゃあ……」

——刷りこみ現象《インプリンティング》。

あれさ。灰色雁《がん》の雛《ひな》を目の前で孵化《ふか》させると、人間を親と思いこむってやつ。なんとなく、俺はYを連想したね。自分でもわかっていながら間違った親ばかりを選ぶYは、まるで雁の子供か何かみたいだってよ。

こういう連想ってのは、なんとなく相手に伝わるもんだな。

利仙は黙って首を振ったよ。それから、思いもしない話をはじめやがったんだ。

「……十五年前、わたしは〈八方社《はっぽうしゃ》〉の用事でFの家を訪れました。しかし、呼び鈴《りん》に返事はなかった。試みにノブを手にすると、ドアは開いた。それで、なんの気なしに覗《のぞ》いてみたのです」

驚いたよ。

つまりな、利仙は自分の目で見たそうなんだ。十一歳のYに対し、事に及ぶFの姿を。

「なんとかしなければと思いました。しかしFは取り合わず、逆に誘ってきたのはYだと強く主張してきた。事実、そうだったのかもしれません。YはFのことを好いていた。犯罪であるにせよ、少なくともそれは合意であったのかもしれない」

開いた口が塞《ふさ》がらないとはこのことさ。

利仙の話は、俺が思い描いていた構図とはだいぶ違ったからな。

「わたしは二人を別れさせようと、個別に説得を試みました。ですが、当時はわたしも二十代。若かったわけです。棋界の実力者が話を聞き入れるはずもなく、一方、Yに何を言っても暖簾《のれん》に腕押しでした。たぶん、口うるさい小父《おじ》さんくらいに思ったことでしょう」

そのときさ。

珍しいことに、利仙のやつが口籠《くちご》もったんだ。

「……わたしは、もっと狡猾《こうかつ》にやるべきだったのです」

「どういうことだ？」

「Fに女がいるとYに吹きこんだのは、ほかならぬわたしなのです。もちろん、Fのことを諦《あきら》めさせようと思ったからです。まさにこの一件こそが、彼女の心に癒《い》えぬ傷を残すなどとは思いもせず」

そのときのあいつの苦しげな表情を、いまも俺は憶えているよ。

——贖罪《しょくざい》。

そんな言葉が頭に浮かんだね。

この罪の意識から、碁を教えなかったFのかわりに、利仙は碁を教えることにしたそうだ。だからって、十五年も世話をつづけるなんて、俺には異常なことと思えたよ。仮に、いっとき男女の関係があったかもしれないにせよな。

俺がそう指摘すると、利仙はこんなことを言ったよ。

「……雛鳥が親を間違えるとき、親鳥もまた子を間違えるのです」

子が親を間違えるだけでは、親子関係は成立しない。間違った親子関係のためには、親の側も間違えなければならない。刷りこみ現象《インプリンティング》——それはある意味、親にも発生するってことさ。

でもよ、俺たちは鳥じゃねえ。人間なんだ。

なんだか喉が渇いてきてね。俺は空っぽの銚子を何度も傾けたよ。

「碁を教えつづけて、それでどうする」

Yの碁は、別に超一流ってわけじゃなかった。むろんそれはかまわねえし、むしろ世間は粘ったもん勝ちよ。だがYの場合、きっと四段くらいで壁にぶつかるだろうと俺は踏んでたのさ。ことによると、投げちまうんじゃないかってね。

利仙を頼りつづけるＹもどうかと思う。

でも利仙にしたって、半可《はんか》な希望を示して飼い殺してるようにも見える。仕事がらみで動けなくして、小さな箱に、自分の手のなかに囲っている――そういう解釈だってできるわけさ。Ｙを思う俺には、それが我慢ならなくてな。

そうしたら利仙は応えたよ。

「あるいは、わたしが引き受けるしかないかもしれません。本人にその気はないですが」

「でも、Ｙが抱える業のようなものは治るのかい」

「まれには。ただそれを治療と呼ぶか、奇蹟と呼ぶかは……」

俺は利仙の目を見てみた。

醒《さ》めた目だったよ。酒の酔いも感じさせなかった。ほら、たまにいるだろう。誰かのために生きるのに躍起で、その実、自分のことしか考えてない間抜けがよ。利仙もその類いかと考えたのさ。ところが、違った。あいつはまったくの正気に見えた。

利仙の覚悟は、俺が思った以上のものだったんだ。

「まいったね」

だんだん、自嘲的な気分になってきたよ。皆の気持ちや過去、置かれた状況、そういうものが何も見えないまま、俺はＹとの関係を築いちまったんだ。

我知らず、こんなつぶやきが漏れた。

「……どうして、人間ってやつは花を急ぐんだろうな」

「花を急がないのは、植物の特権です」

応える利仙の表情は穏やかでね。むしろ、利仙こそが一本の木であるようにも見えたよ。

Yと出会った日の榧の木が、記憶から蘇ってきた。

そして、本来何を相談するつもりだったかを思い出した。そう、Fの盤作りさ。だが、話すうちに答えは出ていたんだ。結局は、一人の碁盤師が受けた仕事だ。俺は真面目に盤作りにあたることにした。思い返せば、このときできた盤が俺にとっての最高作だったな。同時に、その作業は俺にとって心殺すものでもあった。何しろFが憎いことに変わりはない。そのFのために、最高の盤を仕上げるんだからな。

それからさ。俺が錬金術師を目指したのは。つまり――自分の盤を作るのをやめ、偽の宇宙に身をやつしたのはね。

俺は思うのさ。

人間は、何を契機に本物と偽物に分かれるのか。生きかたか、志の強度のようなものか。あるいはもっと身も蓋《ふた》もなく、心的外傷《トラウマ》のごときものに左右されてしまうのか。まあそれでもいいさ。俺の作る贋金《にせがね》には、金以上の価値があると確信できるからな。

4

風が吹き抜けた。

まるで天地逆の潮騒《しおさい》のように、頭上高くで榧の枝葉が鳴いていた。目に入った前髪を慎は払いのけた。左手が痛むことに気がついた。道中で引っかけたのか、小さな切り傷があった。

話し疲れたのか、背中合わせの安斎が姿勢を変え大きく息をついた。

ずいぶん長く話を聞いていた気がするが、まだ二時間も経っていなかった。

「Yさんとは、それから？」

低い声で、蛍衣が話の先を促す。だが、慎としては聞くも聞かないも気が重かった。

――命日だからな。

ここへ来る途中、安斎が言った一言が思い出されたからだ。

「気になるかい」

「そりゃそうだよ」

蛍衣は怒ったような口調で応える。

「だいたい、雛鳥だのなんだのと、勝手に男二人で話を進めてさ。いったいなんなの」

やっと、安斎の口から笑いが漏れた。

「そうだな。お嬢さんの言う通りだ」

そのまま、森の奥の淡い暗がりへ目を向ける。

「だから、俺はおまえさんたち二人ともに来てもらいたかったのさ」

そこから先、安斎は言葉少なだった。

安斎はYに終わりにしてくれと言ったが、一度生まれた思いがどうにかなるわけでもない。結局、二人の関係はそれからもつづいた。一方で彼は利仙とも定期的に会い、相談を重ねるようになった。利仙がYに執着しなかったことも大きく、やがて奇妙な協力関係のようなものが出来上がった。

「この話を知る連中は、このころ俺たちは和解したと口にする。でも俺に言わせれば、俺たちはやっぱり憎しみ合っていて、そして最初から最後まで和解していたのさ」

こういうことは、と安斎は言う。畢竟《ひっきょう》、本人たちにしかわからないのだと。

「いびつな三角関係めいたものがいっとき生まれ、消えた。それだけのことさ」

安斎の言う三角関係めいたものは、それから二年余りつづいた。

二人が三人になったことで、ある程度のことは俯瞰《ふかん》的に見られるようになってきた。たとえばYがときに無理難題を突きつけるのは、見捨てられることを怖れるから。嘘を口にするのは、本音を言っても愛されるとは到底思えないから。どうするのが相手にいいかばかりを考える一方で、心はいつも満たされず、男に誘われれば乗る。だから、余計に虚《むな》しさが募る。

こうした一連の行動を、Y自身は病気と呼び習わした。

実際、それは病と呼べるものだった。

どこにでもいる、弱さを抱えた善良な人間にも違いなかった。この際かまわないと安斎は考えるようになっていた。同時に、見返りを求めてしまう自分もいた。救いたいと祈る気持ちは輝きを失い、やがて精神の癌《がん》に変わった。糸という糸が、からまっては解《ほつ》れていった。

「でもな。なんであれ薄っぺらい真実より、命懸けの誤謬《ごびゅう》がいいに決まってるんだ」

だが、不自然な関係が長つづきするわけがない。

先に音を上げたのはYのほうだった。彼女は書き置きを残し、安斎や利仙の前から姿を消した。結果だけ見るならば、安斎たちの試みはYの二十代の数年間をいたずらに食いつぶし、あったかもしれないYの別の可能性を摘んだのみだった。

「それだけさ」

安斎は乾いた口調で言う。

「それからYは棋士もやめちまった。何人かを食い物にし、何人かに食い物にされ――」

そこで言葉を止め、ゆっくりと首を振る。

かわりに安斎は右手を下ろすと、切り株の切断面に触れ、慈しむように撫でた。

「人間がいろいろであるように、木々もまたいろいろでね」

安斎は先ほどの台詞《せりふ》を繰り返した。

――すぐにでも切りたくなるもの。食指が動かぬもの。

――あるいは、予感を感じさせるもの。

「見事な材になる気配がある。だが、少なくともいまじゃない。切るべきはもっと先、ことによると自分が死んだよりもあと――百年も、二百年も未来のことだろうとね」

だからよ、と安斎がつづけた。

「もう少しでも、男どもが花を急がず、そういう考えを持ってくれてたらな」

椢の木に、Yを重ねているのだ。

「……そうだね」

愼は応えたが、本当にそうだろうかと自問もした。Yの運命を決めるのは、周囲でなくYなのだとも思う。幼いころは無理でも、せめてその後のことは。

このとき足下で音がした。

浮かない顔の蛍衣が、地面に落ちた椢の実を拾っていた。去年の秋か冬かのものだ。変色し、硬い殻で覆《おお》われている。蛍衣は実を二つ拾い、一つを愼に手渡した。

愼はふと本来の目的を思い出した。

利仙の作だという、あの盤の写真のことだ。

いま坐っている榧が、あの盤に姿を変えたのか。だとしても、いつ木は切られたのか。

安斎の話では、この榧のことも、利仙の盤のことも触れられていない。

それについて訊ねると、

「もう一つあるぜ」

安斎は皮肉っぽく笑った。

「誰が、なんの目的で木を切ったかさ。――そうだろ、利仙」

愼は反射的に振り向き、安斎の視線の先を追った。

「先生――」

と、声が漏れる。

背中合わせに坐っていたため、気がつかなかった。いつからいたのか、木漏れ日の下に利仙が佇《たたず》んでいた。安斎と目を合わせたまま、じっと口を結んでいる。

笑っているようにも怒っているようにも見える顔だった。

「先生、なぜここに？」

利仙は応えず、かわりにこんなことを言った。

「違うのですよ、愼。あなたたちの言うＹは生きています」

「え？」

「それからもう一つ。この件の動機は、嫉妬なのです」

ふっと安斎が冷笑を浮かべた。

安斎は腰を上げると、あとは頼んだぞ、と言い残して来た道を戻って行ってしまう。

戸惑う慎たちをよそに、利仙がいつもの文句を口にした。

「——盤面に、線を引いていきましょうか」

*

雪解けの水音《みなおと》がした。

安斎が消えたことで気が軽くなったのか、蛍衣は立ち上がって両手を伸ばした。利仙に問われ、慎はこれまでの経緯を説明する。利仙は自分が来た理由について、安斎に呼ばれました、とだけ言い、それ以上のことは語らなかった。

日が傾き、寒さが増してきていた。

街へ戻りたいと蛍衣が言い出し、それで三人で山を下りることとなった。

「今回は、そう複雑な話でもありません」

歩きながら、利仙がそう話を切り出した。

「あの榧を切ったのは誰なのか。あなたたちはどう思いますか」

慎と蛍衣は目配せし合った。

利仙本人にもかかわることで、気が引ける。しばらく間があったあと、

「安斎さん本人かな」

蛍衣が自信なさそうに口を開いた。

「盤作りの依頼に、安斎さんは結局は本気で取り組んだ。そのために、思い入れのある榧を切ったとか……」

「だからってYの大切な木を使うかな。それに、あの榧は百年か二百年先に切るべきだったって」

「慎はどう思いますか」

「それは……」

無意識に、慎は左手の爪を噛《か》んでいた。蛍衣がそれを見咎《みとが》め、慎の手の甲を突《つつ》く。

「先生は、今回の件の動機は嫉妬だと言ったよね」

「ええ」

「あの榧の木は、安斎さんとYさんが出会った場所、つまり思い出そのものでもあった。第三者からすれば、それは嫉妬の対象になりうる。つまり――」

慎は言い淀む。

利仙があの木を切った。――そんなことはあるだろうか。

「なるほど。一つの考えかたです」

利仙は足を止め、まるで他人事《ひとごと》のように頷いた。

「しかし、わたしにはYへの執着はなかった」

「でも……」

「ヒントは、安斎自身の台詞にあります。安斎は、今日という日を命日と呼んだそうですね。なんとも不自然な表現だとは思いませんか」

うん、と慎は口のなかでつぶやく。慎のなかでも、引っかかっていた点だった。

安斎の話に人死には出てこない。

するとそれは、誰の命日だと言うのか。

「命日などと言われると、人はいもしない死者を探し出し、想像してしまう。でも、考えてみてください。わたしたちの目の前には、明確に命を絶たれたものがあった」

「え?」

「あの榧の木ですよ。命日とは、榧が切られた日を意味しているのです。そして、その日を知るのは自分だけだとも安斎は言った」

つまり、と利仙はつづけた。

「あの木を切ったのは、やはり安斎なのですよ」

利仙はふたたび背を向け、ゆっくりと小径を歩きはじめた。

「そう考えると、切るべきが百年後という台詞は安斎の願望のようなものとわかります」

口調に確信があったとすれば、それは自分が謬《あやま》っていると確信していたから。誤謬を直視できないから、そのような言いかたを選んでしまう。

不義を働く人間が、他人の不義をことさら責め立てるように。

「……Yは奔放な性格でした。関係を持った男は、多かれ少なかれ、自らの嫉妬心と闘うこととなる。安斎はそれを圧《お》し殺しつづけた。そういうことは必ず歪みとなり、別の何かへ転嫁されていく」

「転嫁？」

「安斎は、人ではなく景色に嫉妬することを選んだのです」

――景色は内面を広げる。

――恋人が過去に目にした景色に嫉妬する。

「最初から、彼はあなたたちに自らの動機を語っていた。Yが幼少から親しんだ風景――その榧の森の景色を壊すことで、彼は心の平衡を図ったわけです」

「そうすると、この囲碁盤は？」

躊躇いつつも、慎はあの盤の写真を利仙に見せた。

一瞬、利仙が目を背けたような気がした。

「すべてが終わってから、安斎はわたしの工房を訪ねてきました」

それは盤作りの依頼だったという。

安斎は自ら切ったという榧材を運びこむと、こんなことを言った。俺たちの思いや、いっときのいびつな関係を、新たな一つの盤に封じこめて欲しいと。

利仙としては不本意な仕事である。しかし、断ることはできなかった。

「……だから、あの盤は歪んだものとなったのです」

三者の気持ちを封じた一面の盤――それを愼は想像してみる。ある種の、鎮魂のようなものだろうか。どのような気持ちで、安斎はそれをいまだ所持しているのか。

安斎はFのための盤作りで、自らを歪めて贋作師に転じた。それと同じ呪《のろ》いのようなものを、利仙にも背負わせようとしたのか。あるいは、ただ救われたいと願ったのか。

疑問も残った。

結局、Yはどうなったのか。奇蹟でも起きなければ癒えないという病のようなものは、やはりどうにもならなかったのか。なぜ、自分たちはここへ集められたのか。

そう訊ねると、

「安斎は、あなたたちに見せたいものがあった」

穏やかなままに、利仙が応えた。

「ですが、安斎は偽物を自認し、そのことを誇ってさえいる。それを見せることは自分の役割ではないと感じた。だから、あわよくばわたしに役目を負わせようとした」

「待って、なんのこと？」

利仙が歩く速度を落とした。

鼻歌が聞こえていた。小径の向こうに、来た道に見たプレハブ小屋がある。先ほどベンチでパンを食べていた女性が、ホースを伸ばし、歌いながら車を洗っていた。

Yですよ、と利仙が小声で伝えてきた。

いまは父親からこの山を受け継ぎ、管理しているということだった。かつては街に家もあったが、相続の関係で手放してしまったと。

ややあって、小屋の奥から初老の男性が姿を現した。男は何を言うでもなくベンチに坐ると、車を洗う女性へ目を向けた。遠目にも、おそらくは夫婦であろうと思われた。

歌が止まった。

Yは後ろの男に気づき、洗車の手を止めベンチの隣へ腰を下ろした。男が何かを口にし、彼女はまた何事かを返す。Yが穏やかに笑った。山桜のような、はちきれんばかりの晴れやかさはそこにない。それはむしろ言われなければ見落とすくらいの——小さく控えめな、けれども空高くに開花する、あの榧の花のような笑顔だった。

月と太陽の盤

ここに天照大御神《あまてらすおほみかみ》、高木神《たかぎの》の命《みこと》以《も》ちて、太子《ひつぎのみこ》正勝《まさかつ》吾勝《あかつ》勝速日《かちはやひ》天忍穂耳《あめのおしほみみの》命に詔《の》りたまはく、「今、葦原中国を平《ことむ》け訖《を》へぬと白《まを》せり。かれ、言依《ことよ》さしたまひしまにまに、降《くだ》りまして知らしめせ」とのりたまひき。

——古事記

◉登場人物一覧

笠原《かさはら》　气《きがまえ》（27）　棋士、八段、九星位《きゅうせいい》
須藤《すどう》禾《のぎ》（24）　棋士、六段、九星位戦挑戦者
楡井《にれい》戸《かばね》（32）　宮内庁職員
唐沢《からさわ》豸《むじな》（35）　岩淵《いわぶち》　鬲《かなえ》　記念館の管理人
機野《はたの》几《つくえ》（46）　棋士、九段、九星位戦解説者
三神《みかみ》隹《ふるとり》（61）　八方社《はっぽうしゃ》理事長
寺嶋《てらしま》殳《るまた》（54）　八方社副理事長
安斎《あんざい》優《ゆう》（53）　碁盤師、贋作師
衣川《きぬかわ》蛍衣《けい》（18）　棋士
慎《しん》（16）　棋士
吉井《よしい》利仙《りせん》（51）　碁盤師

1

湿った腐葉土の匂いがした。

山道を逃げ惑ううちに、いつの間にか足を切っていたらしい。いまごろになり、その傷がじくじくと痛みはじめた。いつも遊んでいた木陰に、見つからぬよう身体を横たえる。裸足《はだし》で、服は寝間着のままだ。その布越しに、枯葉や枯れ枝がちくちくと肌を刺した。

――来ないで。

森の榧《かや》の甘い香りに包まれながら、――は一心にそれだけを願った。

一分が、一時間にも感じられる。

息を潜めていると、やがて風が吹き、ざわざわと梢が揺れはじめた。梢は藍色の空を黒く縁取り、その向こうに、桃色をした三日月がぽつりと浮かんでいた。

――お願い。

……それは日が暮れ、夕食も終えた頃合いだった。突然、見知らぬ男が刀を引っ提げて屋敷へ乗りこんできたのだ。父は出張で出ており、家にいたのは、子供の――と母の二人だけだった。

男は——に向けて刀を振り上げた。

咄嗟《とっさ》に、母があいだに入った。母は怯《ひる》んだ男の手を押さえつけるや、「逃げなさい！」と声を絞ったのだった。

無我夢中で裏山を走った。

榧の木の下に身を潜めたのは、それがお気に入りの隠れ場所であったからだ。この場所を知っているのは、自分と、よく一緒にここで遊んだ友達だけ。そのまま、どれだけ時間が過ぎたろう。胸の動悸《どうき》が収まるにつれ、母を助けに戻らなければという思いが強まってきた。目の前に棒きれが転がっていた。武器になるはずもないその棒きれを——は拾い上げる。

——行かなくちゃ。

そう思い、身を起こそうとした瞬間だった。

木が大きく揺れ、震え上がるような音とともに青い何物かが落ちてきた。青く見えたのはシャツの色だった。突如目の前に現れたそれは、袈裟《けさ》斬りにされた母の身体なのだった。

遅れて、自分の叫び声が聞こえた。

またあの甘い香りがした。

＊

楕円形《だえん》のテーブルに坐る理事たちは、一様に澱《よど》んだ、疲れたような表情をしていた。蛍衣《けい》がホワイトボードを消す傍《かたわ》らで、慎《しん》は用意しておいた資料を皆に配る。配るうちに、誤字が一つあるのを見つけてしまった。急遽《きゅうきょ》作った間に合わせの資料なので、ミスをつぶしきれていない。

「いいかな」

やや心許《こころもと》なさそうに、蛍衣がこちらを向いて口を開く。

資料が行き渡ったことを確認し、慎は小さく頷《うなず》きを返した。

「〈八方社《はっぽうしゃ》〉の棋士の衣川《きぬかわ》蛍衣です。本日はよろしくお願いします」

メディアに多く出演し、ときには解説の聞き役までこなす蛍衣だが、普段慣れぬこと、それも〈八方社〉の理事たちの前とあって、声が硬い。

理事は半数以上が棋士や元棋士だ。残りは外部から送りこまれた役員で、顔を見るのも今日がはじめてという相手もいる。

なんとなく理事長や副理事長の顔を見ないようにしながら、慎も席についた。

「おおよその状況は皆さんも把握されていると思いますが、先週の事件について、まずわたしたちの口からご説明させてください」

　がさがさと資料がめくられる。

　場所は〈八方社〉内の会議室だ。先日、組織として文部科学省に表彰されたときの賞状が壁にかけられている。見ないと思ったら、こんなところに飾られていたのか。

「亡くなったのは笠原《かさはら》気《きがまえ》八段——ちょうど、九星位《きゅうせいい》戦の防衛をその日に控えていました。発見された場所は、〈岩淵鬲《いわぶちかなえ》記念館〉一階の坪庭。死因は墜死と見られています」

「坪庭というのは？」

「京の町家《まちや》なんかにある、小さい中庭さ」

　蛍衣のかわりに質問に答えたのは、理事長である三神《みかみ》佳《ふるとり》だ。

　三神は元棋士で、慎たちが入段するより前に現役を退いている。理事長職に就いたのは四年ほど前。ときおり用もなく対局場へやってきては、何か言いたげに盤面を覗《のぞ》きこむので閉口するが、元棋士ということで、こういう場にあっては気持ち心強い。

「岩淵記念館の建物はもともと岩淵九段の所有でね。先生の酔狂で、エレベーターシャフトをつぶして坪庭が作られたんだ。だから、あの記念館にはエレベーターがないのさ」

「はあ……」

「三階に一般対局場があるんだが、エレベーターがないもんだから、当時若手だった俺たちが階段でえっちら碁盤を運び上げることになってね。いや、あのときは先生を恨んだもんだよ」

「それで——」と、別の理事が昔話を止める。「墜死ということだが……」

蛍衣がぎこちなく頷いて、

「元がエレベーターシャフトですから、坪庭の上部は吹き抜けになっています。屋上部分に採光用の天窓がありまして、その天窓が開いていました。ですので、そこから落下したものと考えられます。屋内から屋上へつづくドアは施錠されていませんでした」

「あの記念館、何階建てだっけ？」

「五階建てです。高さは二十メートルほど」

ふむ、と相手が納得したように応えた。

また別の一人が、

「二十メートル？　それくらいで人間は死んじゃうの？」

「それは……」

助けを求めるように、蛍衣がこちらを向いた。

「まあ」

と、取りなすように慎は応える。

「現に亡くなっているわけだから……」

言ってから、馬鹿なことを口にしたと気がついた。

事態が思わぬ方向に広がり、慎としても戸惑いがある。こんなときいつも思うのは、利《り》仙《せん》であったらどうするかだ。しかし、この場は自分たちで進めなければならない。

いま、利仙の行方《ゆくえ》はわからないのだから――。

＊

事件の日の朝、慎と蛍衣は須藤禾六段《すどうのぎ》の応援に向かっていた。

須藤は慎の八つ上の二十四歳で、二人の同門の先輩にあたる。世話好きなところがあり、慎も蛍衣も、プロ入りするより前から気にかけてもらっていた。その須藤が、九星位戦の挑戦者決定トーナメントを勝ち抜き、笠原八段への挑戦を決めた。

挑戦手合《てあい》は三番勝負。

その一局目が、赤坂《あかさか》の岩淵鬲記念館で打たれることとなった。

須藤にとっては、はじめての大舞台である。それで慎と蛍衣は、直接応援すべく、記念館に足を運ぶことにしたのだった。

道を行く蛍衣はゆったりした足どりで、青々とした初夏の街路樹を見上げていた。巷《ちまた》では〈逆転の女王〉などと呼ばれ、いつの間にやらファンクラブまでできているという話だが、一緒に研鑽《けんさん》を積んできた慎としては、どうも実感が湧かないところがある。

先日、ウェブメディアの企業が後援についた際には握手会がセッティングされた。

このとき慎は外部のスポンサーが入ることに反対し、その様子を須藤に揶揄《からか》われたのであったが、なぜ揶揄われたのかは、よくわかっていない。

まもなく記念館が見えてきた。

記念館の敷地には、元は岩淵鬲九段の私邸が建てられていたという。

「囲碁を世界に」が口癖であった岩淵は、囲碁普及のための拠点として、自宅をつぶしてビルを建造した。岩淵の死後、ビルは〈八方社〉に寄贈され、岩淵記念館と名前を変えた。

一般に公開されているのは一階と三階だ。一階には古い囲碁盤といった囲碁ゆかりの資料が展示されているほか、棋書を収める図書室などがあり、三階には対局場や、囲碁教室のためのスペースが用意されている。

さらに上、四階と五階には宿泊施設があり、遠地に住む棋士が上京の際によく利用する。以前は頼めば誰でも泊めてもらえたらしいが、あるとき海外のガイドブックにこのことを書かれてしまい、西欧人のバックパッカーで溢《あふ》れかえったという。以来、宿泊は関係者か記念館が認めた者のみに限られることとなった。

名物は、岩淵九段の思いつきで作られた京風の坪庭。

庭に面した〈月影の間〉は、こうしたタイトル戦の際によく使われてきた。

「なんだろう?」

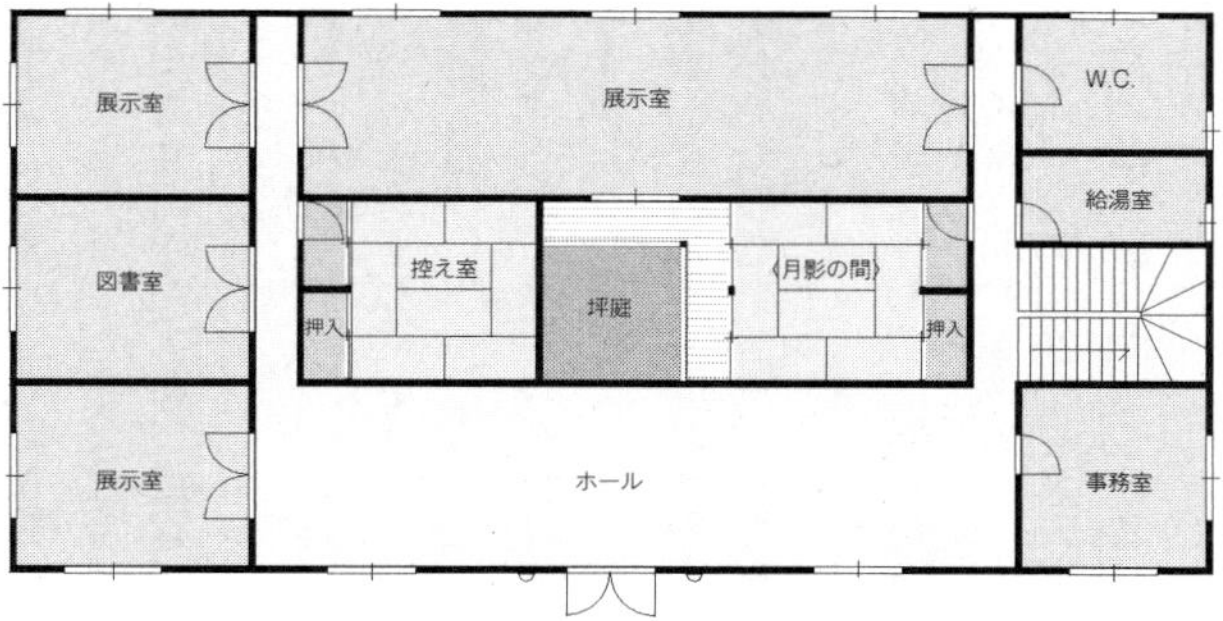

岩淵鬲記念館（1F）

と、先に異変に気づいたのは蛍衣だった。

記念館の前に、パトカーが停まっているのだ。道は野次馬によって人だかりができ、見知った顔の棋士たちが、険しい表情で門を出入りしている。

蛍衣と顔を見合わせ、とにかく入ってみようと入口へ向かうと、

「今日は閉館だよ」

慎たち二人の前に、警官が立ちふさがった。

自分たちは棋士でれっきとした関係者だと抗議したが、子供の嘘だとでも思ったのか、まともに取り合ってもらえない。しばらく押し問答があってから、

「おお、蛍衣ちゃん！　慎くんも――」

なかから声が上がり、やっと通してもらえた。

「いや、とんだことに……」

声の主は機野《はたの》几《つくえ》九段だった。

機野は一般対局場で棋戦の大盤解説をする予定で、その準備のため早くに到着していたようだった。雑

談を交えながらなされる機野の解説は、陽性の性格も相俟《ま》って評判が高い。しかしこの日は、心なしか顔が青ざめて見えた。

「何があったのですか」蛍衣が開口一番に訊ねた。

「それがね――」

機野の視線が、一瞬、奥の廊下の入口に向けられた。

蛍衣はそれを見逃さず、

「〈月影の間〉ね」

まっすぐに、ホールを駆けていってしまう。

「ちょっと！」

機野が止めるのも聞かない。

まもなくして、きや、と鋭い悲鳴が廊下の奥から聞こえてきた。

「蛍衣！」

思わず名を呼んで、慎は足を速めた。

〈月影の間〉へつづくドアが開いていた。その向こうに、坐りこむ蛍衣の姿と、困り顔をしたスーツ姿の男性が見えた。男は慎を一瞥《いちべつ》すると、蛍衣を立たせ、部屋から追い出した。

――目の前で扉が閉ざされる。しかし、その一瞬に、慎にも室内の様子が見えてしまった。

薄暗かった。

坪庭は部屋の奥にあり、上空から射しこむわずかな光が、壁を這《は》い下りる蔦《つた》や石楠花《シャクナゲ》の茂みを照らし出していた。床に、桐箱をかけられた碁盤が一面。庭に面して小さな縁側が作られており、そこに鑑識と思《おぼ》しき男性が屈《かが》みこんでいた。

大きな庭石が赤黒く染まっているのがわかる。

その庭石に覆《おお》いかぶさるように、笠原気九星位は物言わず横たわっていたのだった。

2

蛍衣が資料に目を落とした。

「最初に遺体を発見し、警察に通報をしたのが、棋戦の解説をする予定だった機野几九段です。管理人と宿泊者を除いて、その日、最初に記念館を訪れたのも機野先生でした」

「機野かあ……」理事の一人がぼやくように言う。

機野は人は好いが世渡り上手ではなく、理事たちのあいだで軽んじられているところがあると聞く。

「入口がオートロックになっていまして、機野先生が解錠した際の記録がオフィスセキュリティに残っています。それが、朝の八時二十分ごろ。九時から協賛企業との打ち合わせがあるとのことで、念のため早めに着いたということでした」

蛍衣は理事たちを見回してから、「それで」と話をつづけた。

「機野先生は、対局に使う〈月影の間〉を覗いてみることにしたそうです」

〈月影の間〉は施錠されていたので、機野は管理人から鍵を借りた。このとき管理人の唐《から》沢《さわ》豸《むじな》は二階の事務室で仮眠を取っており、機野によって起こされたという。

「現場を見た先生は、すぐに一一〇番通報。まず管轄の交番の警官が、ついで所轄の刑事と鑑識が到着しました」

「いきなり警察に?」

黙って資料をめくっていた寺嶋《てらしま》殳《るまた》副理事長が疑問を差し挟んだ。

「つまり、救急車を呼ぶのではなく?」

蛍衣が愼に目配せを送った。

愼は頷き、手元のタブレットをプロジェクターに接続する。間を置いて、ホワイトボードに静止画が投影された。

わっ、と寺嶋が声を上げる。

愼が映し出したのは〈月影の間〉の写真だ。

画面の右側に、ぼやけた刑事の脚が大きく映っている。部屋には、桐箱をかけられた囲碁盤が一面。画面の奥——ほの暗い坪庭の縁側に、鑑識が一名屈みこんでいる。その傍らに、庭石に覆いかぶさるように倒れた笠原の姿があった。

「驚かせてすみません」

蛍衣が小さく頭を下げた。

「ご覧いただくのが早いだろうと」

写真は、あのとき蛍衣が隠し撮りをしたものだ。悲鳴とともに坐りこんでいたかと思ったら、案外に抜け目がない。

「勝手に撮影したのか？」

「構わんだろ」

寺嶋の声に、三神の声が重なる。

「別に現場を荒らしたわけでもない。ちょうど、俺も見てみたいと思ってたよ。とにかく――まあ、これは誰が見ても警察の案件だわな」

それから、「ん？」と映像を覗きこむ。

「何やら妙な盤だな……」

寺嶋が画面に向けて目を細めた。

「え？　わたしには何も……」

「盤については、あとでご説明させてください」

蛍衣が咳払いをし、逸《そ》れはじめた話題を戻す。

「亡くなった笠原九星位の足取りなのですが――まず、前日の十七時には記念館に到着しています。タイトル戦に備えて前日泊することを選んだようです。挑戦者の須藤六段も同様で、十八時には記念館に入ったことが確認されています」

そして十九時頃、笠原は三階の対局場で新聞社のインタビューを受ける。

笠原は対局前の取材を嫌っていたが、この日は、懇意にしている記者ということで特別に応じたようだ。インタビューののちは雑談となり、記者が記念館を退出したのが二十一時前。

これが、記念館を退出した最後の人間となった。

「記者と管理人の双方に話を聞きましたが、特に食い違う点は見られませんでした。そして——翌日、機野さんが記念館を訪れたとき、笠原先生はすでに亡くなっていた。ですから、仮に事件性があったのだとすると……」

「犯人は、記念館に宿泊した人間に絞られるってわけだ」

言い淀む蛍衣のかわりに、三神が核心を口にする。

「それで、須藤のやつがしょっぴかれちまったと」

正確には重要参考人である。

関係者全員への事情聴取を終えた警察は、須藤に任意出頭を求めた。須藤はこれに応じ、以来、警察署から戻ってきていないのだった。

「ウェブの皆の反応を見てみたか？」

寺嶋が苦々しげに皆に問いかけた。

「もう、世間は須藤が笠原を殺したのだと噂《うわさ》しているそうだ」

「協賛企業は離れるだろうな」

ゆっくりと、三神がため息をついた。

「そして、由緒《ゆいしょ》ある棋戦の存続までが危ぶまれている——と、これがおおよその状況なわけだ。やれやれだな。いや、すまないね。蛍衣ちゃん、つづきを話してくれや」

＊

三階の一般対局場は、フロア一面に脚つきの榧盤や座椅子が並べられていた。岩淵の希望で、盤は規則正しく並べるのでなく、床に散らばったカードのように角度や間隔を変えながら配置されている。だから客でいっぱいになったときには、船室で船員同士が博奕《ばくち》に興じているような光景になる。このほうが自然である、というのが岩淵の言いぶんであったらしいが、何がどう自然であるのか愼にはわからない。

事情聴取が終わるまでこの階にいるように、と警察からは指示を受けた。

見回してみると、憮然《ぶぜん》と座椅子に坐っている者、神妙な顔で何事か話し合う者、あるいは予定外の拘束に殺気立ち、携帯電話で大声で仕事の指示を出す者とさまざまだ。

気の毒なのは機野だ。

解説に呼ばれたはずなのに、プレスに棋戦の中止の連絡を入れたり、スポンサーからの問い合わせに平謝りしたりと矢面《やおもて》に立たされ、加えて、事情を漏れ聞いた〈八方社〉の棋士や事務方から次々と問い合わせが入ってくる。

蛍衣と二人で呆然《ぼうぜん》と突っ立っていると、

「――困りましたね」

と、見知らぬ眼鏡姿の男性が声をかけてきた。

「きみたちも、〈八方社〉の棋士でしょう?」

「ええ」慎は曖昧《あいまい》に頷いた。

「先ほど、刑事さんがぼやいてましたよ。建物のなかにおかしな庭があったり、子供がプロであったり、いったいこの世界はどうなっているんだって」

男はそこまで早口に喋《しやべ》ると、

「そうだ」

恭《うやうや》しく、名刺を差し出してきた。

先に名刺を交換した蛍衣が、「え?」と声を漏らす。蛍衣の手元を覗きこんでみた。男の名は楡井戸《にれいかばね》――宮内庁の職員ということだった。

その楡井が目をすがめた。

「笠原九星位とは、親しかったのでしょうか？」

慎は黙したまま首を振った。

幾度か対局をしたことはあったが、歳も離れていて、さほど言葉も交わしていない。記憶に残っているのは、トレードマークであった長髪と、鋭い眼光ばかりだ。

「無口な人でした」かわりに蛍衣が応えた。「一度、イベントの打ち上げで一緒になったのですが、ずっと隅のほうに坐って一言も喋らないものだから、閉口してしまって」

「そうですか……」

応えたきり、楡井は黙りこんでしまう。

「どうかされたのですか？」

蛍衣に訊ねられ、「いやね」とやっと楡井が口を開いた。

「……その瞬間を見てしまったんですよ」

「え？」

「実は、昨晩ここに泊めていただいたのですが、夜、なかなか寝つけませんで……。確か、午前一時前でしたか。それで、この一般対局場で、碁を並べてみることにしたのですよ」

ここまで話してから、楡井は二人の視線に気づいて、

「いえ、碁はルールもよくわかっていません。でも、せっかくこのような施設ですし、ほかにやることもなかったもので。それで、ウェブで棋譜を検索しまして——」

そこで楡井は言葉を止めると、フロアの中央に目を向けた。

楡井の視線の先にあるのは、一階の坪庭へとつづく吹き抜けだ。元はエレベーターシャフトであったという吹き抜けは、四方をガラスに囲われ、内側を蔦が這い下りていた。検視官が到着したばかりなので、まだ笠原の死体はそのままになっている。吹き抜けの下には、先ほど見たままの光景があるはずだった。

「あの柱のなかを、何か人影のようなものが落ちていったのです」

楡井は不審に思い、ガラス越しに下を覗いてみたのだという。しかし、暗く角度も悪いため、庭の様子まではわからなかった。

「それで、目の錯覚か何かかと思い直し、またこの広間へ戻ってきたのですが……」

時間は午前一時過ぎ。

「すると……」

つぶやきが口を衝《つ》いて出た。

楡井が頷いてつづけた。

「わたしは、笠原八段が亡くなる瞬間を、この目で見てしまったのです」

「ちなみに、碁を並べていたというのは、どこで？」

「そうですね……。確か、あの盤でしたか」

少し考えてから、部屋の向こうの盤を楡井が指した。思わず蛍衣と二人、目を見合わせ

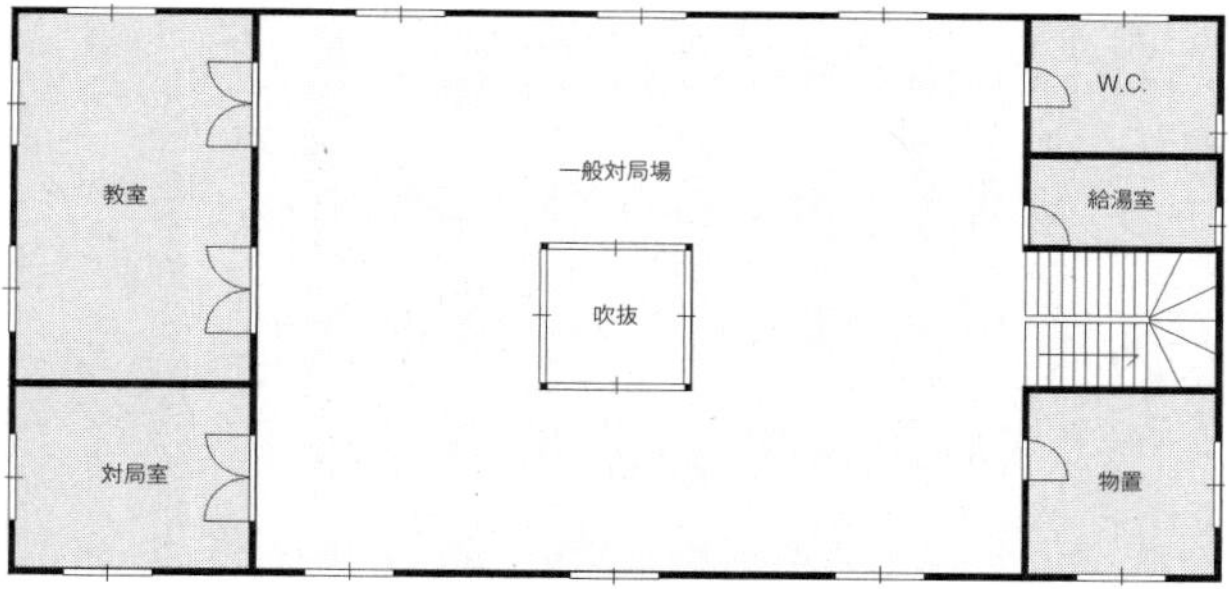

岩淵鬲記念館（3F）

てしまう。

楡井との話はそこまでだった。

事情聴取が楡井の番となり、入れ替わりに、脂《あぶら》汗《あせ》を浮かべた機野九段が慎たちの元へやってきた。どうしたのかと慎が訊ねると、吉井《よしい》利仙の居場所を知らないかと言う。

「先生の？」

「こういうことに強いだろう、あの人は」

確かに、これまで慎は幾度か事件に巻きこまれ、そのたび利仙が問題を解決してきた。〈月影の間〉の光景を見たあと、利仙の顔が思い浮かんだのも事実だった。しかし今回は、すでに警察の捜査が入っている。あえて利仙の手を借りる必要があるとも思えなかった。

慎がそう口にすると、

「それがね」

機野が汗を拭った。

「〈八方社〉としては、棋戦のこの先も考えなければならないんだが……」

機野の口調は、後ろめたさを滲《にじ》ませたものだった。それによると——棋戦の規約に従うなら、挑戦者である須藤がそのまま九星位となる。ところが、先ほどその須藤が任意出頭を求められ、そのまま容疑者となってしまう可能性が生じた。

事件に関与しているかどうかもわからぬ須藤に、九星位を移譲してもよいのか。

また、このような状況で来期以降も棋戦をつづけることはできるのか。ファンやスポンサーに対して、社としてどのような姿勢を取るのが望ましいか。

警察の捜査の結果を待ちたいが、そんな時間があるわけでもない。

ここで、三神理事長の鶴の一声が上がった。

三神は機野に対し、こんな指示を出したのだそうだ。

〝事件について独自に調査を行い、見解をまとめて理事会へ持ってくること〟——と。

機野としては、事件の真相など雲を摑《つか》むような話である。かくいう機野自身、二日後には別の棋戦のために関西へ飛ぶ予定がある。

そこで彼が思い出したのが、吉井利仙の存在だったというわけだ。

「なんだか、ややこしいことに……」

慎が漏らすと、「それだけじゃない」と機野が首を振った。

「きみたちに、こんな話をするのは気が引けるんだが——」

派閥争いがある、と機野が低くつけ加えた。

〈八方社〉にとって、そして棋戦のファンにとっては、この件が穏便に進められ、ひいては事件性はないという結論が出ることが一番望ましい。九星位戦を進めてきた三神理事長や彼の一派も、こうした結末を望んでいる。

ところが、この一件を理事長に退いてもらう契機と捉え、むしろ事を荒立てようとする一派もいる。それが、寺嶋副理事長をはじめとする対抗派閥なのだそうだ。

「つまりは、こういうことだ」

困り顔の機野がつづけた。

「独自に調査をして結論を出せと言われても、我々は素人で、しかも二つの勢力が微妙に異なる結論を求めるなか、事を進めなければならない」

「仮に真実が明らかになったとしても、それで皆が納得するとは限らないってこと？」

こんなの、利仙がいたところでどうにかなるとも思えない。

このとき機野の携帯電話が震えた。

「悪いね」

それだけ言い残し、機野は対局場の隅へと去っていく。電話の向こうの誰かに向け、機野が遠くで頭を下げるのが見えた。

残された慎としては、何やら毒にあてられたような思いだった。

蛍衣に肩を叩《たた》かれ、やっと気を取り直す。

とにもかくにも、まずは利仙との接触だろう。とはいえ、連絡だけならおそらく機野も試みている。それも、放浪の碁盤師と呼ばれる相手のこと。都合のいいときに捕まるとは限らない。案の定、五回、十回と電話を鳴らしても応答はなかった。

諦《あきら》めて切ったところで、

「お師匠にでも見捨てられたか？」

後ろから、冷やかすような声がした。

振り向いて慎は面食らう。

「なぜここに――」

いつからここに来ていたのだろう。暗く、鋭いが、必ずしも敵意はない視線。そして、痩せぎすの身体を支える細い杖。

ときおり慎たちの前に現れる、あの贋作師《がんさくし》――安斎優《あんざいゆう》だった。

「何、野暮用さ」

いつもの人を食った口調で、安斎が応えた。

3

蛍衣が手元の資料を掲げた。

「事件の晩、記念館に宿泊していたのは以下の四名です。まず、亡くなった笠原气九星位。次に、挑戦者となるはずだった須藤六段。宮内庁の楡井氏。そして、管理人の唐沢豸氏」

「……唐沢氏というのは、どのような？」理事の一人が訊ねる。

「元は棋士を目指していたかたで、インストラクターの資格を持っています。千葉のほうで教室を持っていましたが、去年、教室を畳んで記念館の管理人となりました」

かつて棋士を志し、その後も囲碁に関係する職についている人間は多い。唐沢はそんな一人だ。愼も、入段前には幾度も彼と対局をしている。

「記念館を最後に退出したのは、笠原先生にインタビューをした記者です。唐沢さんに訊ねたところ、二十一時ごろ、記者を見送る笠原先生の姿を見たとのことでした。この時間、須藤六段はすでに五階の自室へ上がっています」

笠原や須藤の集中を乱してはいけないと考えた唐沢は、そのまま事務室に籠《こ》もる。

それからわかっている動きとしては、

「午前一時前になって、楡井氏が三階の一般対局場へ下りてきます。対局場は階段に面し

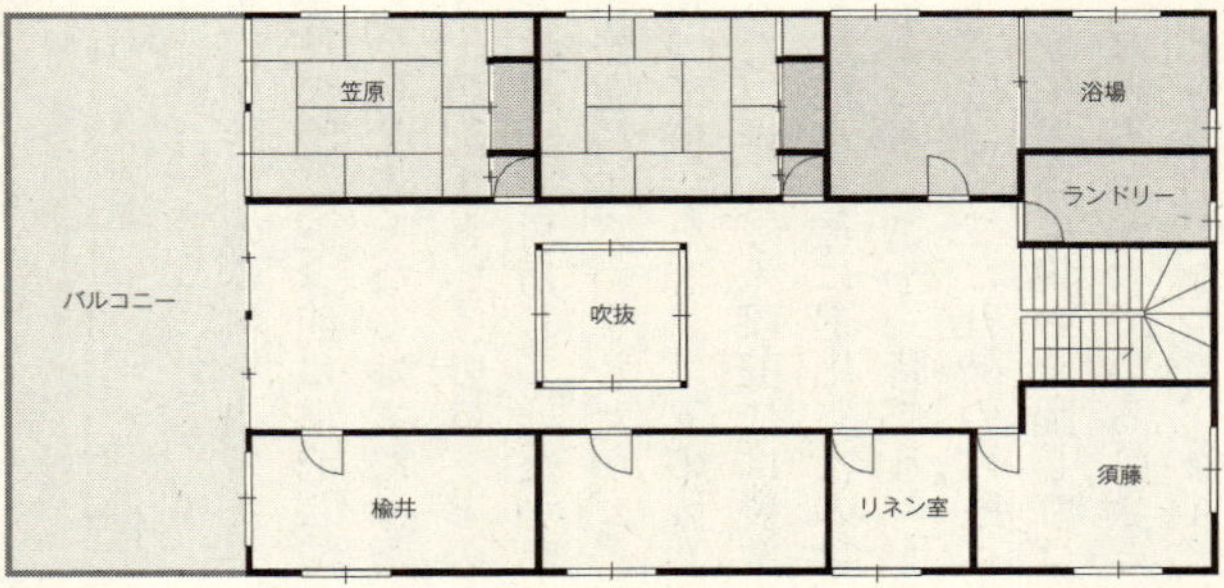

岩淵鬲記念館（5F）

ていますので、誰かが上り下りすれば目に入る。つまり、四階から上に笠原九星位と須藤六段が、そして二階から下に唐沢さんが閉じこめられた恰好《かっこう》になります。ですから……」

　仮に笠原を坪庭に突き落とそうとしたら、それができるのは須藤しかいない。

　須藤が重要参考人となった経緯だ。

「皆の証言をまとめた結果は、資料の最後のページをご覧ください」

　蛍衣に促され、ふたたび、紙のめくられる音がした。

十七時前後　笠原九星位、記念館入り
十八時前後　須藤挑戦者、記念館入り
十九時前後　笠原九星位、インタビューを受ける
二十一時前後　記者、記念館を退出。須藤はす

でに五階の自室へ
二十五時前　楡井氏、三階へ下りる
二十五時過ぎ　楡井氏、事件を目撃？
翌八時二十分　機野九段、記念館入り

「そうだ――」ここで理事の一人が口を開いた。「楡井という人物は、なぜ我々の記念館に？」

「それがですね――」

なぜ、宮内庁の人間が記念館を訪れていたのか。

これは慎たちとしても気になるところだ。もっと言えば、事件に関係している可能性はあるのか。そう思い、日を改めて名刺の連絡先に問い合わせを入れてみた。

すると意外な事情が判明した。

九星位戦の一局目に合わせ、管理人の唐沢は、皇室所有の盤を展示したいと独自に企画していたようなのだ。この企画が通り、楡井が使いとして盤を運んできた。

盤は対局当日、展示室に特設のスペースが作られる予定で、それまでのあいだは〈月影の間〉に置かれることとなった。

楡井は一局目を終えたところで、盤を取りに戻ってくる手筈だった。しかし建物のセキユリティに不安を覚え、宿泊設備があると知ると唐沢に頼んで記念館に留まることにした。

「するとなんだ」三神が唸《うな》った。「さっきの写真の盤、あれがそうなのか？」

「その通りです。いまは現場保存も解かれ、御所に戻されたそうですが」

「写真と言えば……」

寺嶋が割りこんできた。

「気になる点があったのだが、もう一度見せてもらえないか」

頷いて、愼は手元のタブレットを操作する。ふたたび、〈月影の間〉の写真が映された。

寺嶋は目を細めると、

「やっぱりそうだ」

独白するように、口のなかでつぶやいた。

「何がだ？」三神が不機嫌そうに訊ねる。

「髪型が違うんだよ。わたしの記憶では、笠原は長髪がトレードマークだった。ところが、見てくれ、写真の死体は髪が短くなっている」

「だからなんだ？」三神が眉《まゆ》をひそめた。「タイトル戦の前だ、散髪くらい行くだろう」

「それが……」

口を開くと、皆の目がいっせいにこちらを向いた。

若干の気後《きおく》れとともに、愼はあとをつづける。

「実は、きわめて大きな問題で……」

タブレットを操作し、次の写真を映し出した。

写真は事件前日の笠原のものだ。写された場所は記念館の三階の一般対局場。髪はいつもの長髪だ。盤を前に石を打つポーズを取り、口元に照れたような微笑《ほほえ》みを浮かべている。

「笠原先生がインタビューを受けていたことを思い出して、そのときの写真を記者に頼んで送ってもらったんだ。——見ての通り、このときまだ髪は長い」

写真を撮った記者が、記念館をあとにするのが二十一時ごろ。

この時間、空いている美容室は近辺にない。

「笠原さんの髪は、事件の晩に記念館で切られたことになる」

「警察は気づかなかったのか？」寺嶋が疑問を呈した。

「当然気がついて、理由を探っていることでしょう」すぐに蛍衣が答えた。

「髪が切られたというだけでも変なのに、自分で自分の髪を切って、それから自殺するなんてのはもっと考えられない。そもそも——タイトル戦を前に、自殺する棋士などいるはずがない」

だから、と慎は皆を見回した。

「なんらかの事情により、笠原八段の髪を切った人物がいる。そしてそれが、この事件を引き起こした人物——つまり、犯人であると考えるのが妥当だと思う」

調査をはじめるにあたって、慎たちはたびたび警察署を訪れたが、須藤と面会をすることはかなわなかった。逮捕されたわけでない以上、面会は拒絶できないはずなのだが、警察としても、慎たちの手によって証拠が隠滅されるといった事態は避けたい。それが理解できるだけに、こちらとしても強く出ることはできなかった。

利仙への連絡も試みつづけたが、どこを彷徨《さまよ》っているのかもわからない。

〈八方社〉内の動向は機野を介して伝えられた。

機野によると、すでに須藤を処分する案も出ているらしかった。さすがに処分については皆も慎重であったが、棋戦については、廃止が避けられない雰囲気が生まれつつある。

＊

「どう思う？」

蛍衣が訊ねてきたのは、〈八方社〉の近くのハンバーガーチェーンだった。

入段してプロとなる前から、慎たちはこの店をよく使っていた。

「どう思う、って言っても……」

慎たちがどう思ったところで、事態は進んでいく。

若手の稼ぎ頭といえども、自分たちは末端の棋士にすぎない。けれども——。

「納得いかない」

慎が思い浮かべていたのは、二年前の自分の棋戦だった。入段したばかりの慎が、九星位戦のトーナメントで準々決勝にまで進んだのだ。ところが、対局場に向かう車が事故に巻きこまれ、その準々決勝は不戦敗となった。電車を使えば何事も起こらないはずだった。しかし万一の遅延を怖れ、念のため車を使ったのだ。

このことを、いまも慎は悔やんでいる。

必ずしも実力で勝ち進んだわけではなかった。怖いもの知らずに攻めた結果、たまたま相手のミスに恵まれた。しかし勝負事、とりわけタイトルの類いは、実力だけとは限らない。誰もが認める強さを持ちながら無冠のままとなる者もいれば、勢いが伴ってタイトルを獲る者もいる。

運も問われる。

このとき以来、慎は九星位戦を勝ち進んだことがない。

たった一度のチャンス。碁には、そういう局面があるのだ。

迷ったときや苦しいとき、慎は必ずその日のことを思い出す。

だから――と慎は思う。

須藤は、笠原を殺すわけなどない。なんとしても、自分自身の腕でタイトルに挑戦したかったはずだ。理屈ではない。棋士とは、そのような人種なのだ。

「何も――」

と、愼は口を開く。

「真実を明らかにする必要なんかない。そんなのは、警察にまかせておけばいいんだ」

「どういうこと?」蛍衣が瞬きを返した。

「つまりね……」

派閥だのなんだのと聞かされ、愼自身、わけがわからなくなってきていた。

しかし、愼が望むことは限りなくシンプルなのだ。

まず、須藤のために棋戦を中止させないこと。そして少なくとも、警察の捜査を待とう、と皆に思わせることだ。

須藤が犯人でないならば、遅かれ早かれ彼も解放される。

「たとえるなら碁の凌《しの》ぎかな。周りは黒石ばかりで、白に活きがあるかはわからない――」

でも、と愼がつづけた。

「どこに妙手が眠っているかもわからない。まずは、暴れ回ってみようよ」

そう言って、愼は携帯電話から機野に連絡を入れた。

挨拶もそこそこに、こんなことを申し出る。次の臨時理事会で、自分たちの口から状況を説明させて欲しいと。

これには機野も面食らった様子で、「しかし……」と気弱そうに言葉を濁す。

「きみたちはまだ……」

「棋士であるなら、須藤さんの気持ちがわかるでしょう」

一瞬の間をおいて、駄目だ、と返事が返る。

「悪いけど、きみは若い。少なくとも、まだ理事たちの前に立たせるわけには――」

はらはらした顔で様子を見守っていた蛍衣が、「もう」と愼から電話機を奪った。

「突然すみません、蛍衣です」

そのまま電話を切るのかと思った。

――そうではなかった。

幾度かの相槌《あいづち》ののち、蛍衣は澄ました顔で大嘘を言ったのだった。

「悪いようには致しません。それに――ええ、利仙先生の了解も得ています」

「ちょっ――」

蛍衣は小さく舌を出すと、詳しいことは追って、と電話を切ってしまった。

「自殺である可能性が低い以上は——」

4

蛍衣が皆を見回した。

「須藤六段が置かれている状況はきわめて悪い。わたしたちもその点は認識しています」

慎は時計に目をやった。

理事会がはじまってから、三十分ほどが過ぎていた。いまのところは予定通りのペースだ。慎たちとしては、皆が疲れ切ってしまう前に話を進めておきたい。

ここで蛍衣が深呼吸をした。

「今回の九星位戦で、わたしは二回戦で敗退しました。二百六十五人が参加し、そのうち二百六十四人が敗退し、結果として、須藤さんが挑戦権を獲得しました」

「僕も——」慎もつられてつぶやく。「五回戦で負けたよ」

蛍衣が頷いた。

「フェアな条件のもと、皆がたった一人の挑戦者を生み出すことに協力した。言い換えれば、二百六十五人の棋士が棋戦のために協力し、そして棋戦の成功を祈っているのです」

穏やかだが、堂々とした口舌だった。

思わず、愼は姉弟子の顔を凝視してしまう。

横目に皆の様子も窺《うかが》ってみる。幾人かは、愼たちの目的が明らかになったことで、少し安心したような、緊張感の薄らいだ表情をしていた。

蛍衣はそれを知ってか知らずか、

「このなかには棋士や元棋士のかたもおられます。タイトル戦に賭《か》ける人たちの思いは、わたし以上に承知のことと思います」

そう言って謙遜《けんそん》したが、彼女がどれだけ碁に賭けているかも愼は知っている。自分にとって譲れない領域でこうもあっさり引けるのは、蛍衣の強さだ。

「ですから——須藤さんが犯人だと決めつけず、別の可能性も検討してみませんか」

「だがな」

寺嶋は気乗りしない様子で、

「ウェブはもう、須藤が犯人だと決めつけているようだ。この空気は——」

「あんたが匿名で煽《あお》ったんだろ」すかさず、三神派の理事が嚙《か》みついた。

「なんだと？」

「やめろ」不機嫌そうに、三神が手を叩いた。「とにかく、俺たちは俺たちで検討してみようじゃないか。そうだな、たとえば……」

三神はそこで少し考えると、あくまで仮定だぞ、と念を押した。

「唐沢は〈月影の間〉の鍵を持っていた。だから、こんな筋立てはどうだ。まず、唐沢が庭石か何かで笠原をぶん殴ってだな、それから〈月影の間〉を施錠する。部屋を施錠したのは、そうだな、墜死に見せかけるためだ」

「それは検屍でわかる」

寺嶋がすぐに反論した。

「墜死でなかったならば、とっくに須藤は帰ってきている」

「あんなに遺体が損傷してもか？　案外、警察もそこまで考えてないかもしれないぜ」

「それなら、何かが落ちたという楡井の目撃情報は？」

うむ、と三神が唸った。

また別の理事が口を開いた。

「楡井氏が偽証をしている可能性は？」

「なんのために？」

三神の仮説を皮切りに、皆が次々と発言しはじめた。

いいぞ、と慎は思う。今日のところは、議論が拡散していくのが一番いい。

「でもな」

と、寺嶋が釘《くぎ》を刺すように、

「どうあれ、事件が起きた晩、記念館には笠原九星位を含めて四人しかいなかった。仮に殺人であったとして、犯行がもっとも容易であったのが須藤だという事実に違いはない」

「それなら――」

ここが勝負所だ。慎は腹を決めて言った。

「記念館にいたのが、四人ではなかったとしたら？」

一様に、理事たちが怪訝《けげん》そうな顔を慎に向ける。慎はそれにかまわず、

「思い出して欲しいのだけど――楡井さんがやってきた目的は、貴重な盤を展示のために持ってくることだった。事件当日、その盤が〈月影の間〉にはあった」

軽く、慎は頭を掻《か》いた。

「一方で、僕らは記念館で興味深い人物と会っている。名前は、安斎優」

「……安斎？」

「聞いたことがあるぞ」三神がつぶやいた。「確か、碁盤の贋作師だったか」

慎は頷くと、秋頃に起きた〈焔《ほむら》の盤〉の事件について触れた。

あのとき、囲碁盤の寸分違《たが》わぬ贋作を作り上げたのが安斎であったのだ。

「ある場所には、貴重な碁盤が置かれていた。そして同じ場所に安斎がいた。その時点で、僕たちは疑わなければならない。すなわち、盤が偽物とすり替えられていることを」

「なんだって？」

「貴重な盤が記念館に運びこまれることを知った安斎は、それを盗み出すために記念館に侵入した。つまり——僕たちが会った安斎は、実は前の晩からそこにいた」

「待ってくれ」

三神が慎を遮《さえぎ》った。

「ずいぶん急なことだな……。順に確認させてくれ。玄関にはセキュリティがあった。ほかの場所から入るにせよ、目撃されずに侵入することなどできるか？」

「その点については……」慎は語尾を濁した。「現に、安斎は目撃されたのではないか」

「え？」

「楡井さんは三階の対局場で、何かが吹き抜けを落ちていくのを見たと言った。事件の状況から、僕らはそれを笠原先生の落下の瞬間だと認識した。しかし、実はそうではないのではないか。そのとき楡井さんが見たのは、まったく別のものだったのではないか」

　事件の晩、盤は〈月影の間〉にあった。

　しかし、〈月影の間〉は施錠されていた。すると盤を盗み出そうと思ったら、坪庭の上の天窓から入るしかない。

「そう——楡井さんが目撃したのは、安斎優が記念館に侵入する瞬間なんだ」

「いやいや！」抑えきれず、寺嶋が割って入った。

「何か？」

「つまりその――いくらなんだって……」

寺嶋の声が徐々に小さくなっていく。

まあ、と慎は相手の言いぶんを認めた。

「確かに、こんな想像は突飛に過ぎる。でも、実は簡単に確認できることでもある」

「わたしたちは楡井氏に問い合わせました」

蛍衣が慎のあとを継いだ。

「質問内容は、返却された盤が本物であるかどうか。返答は以下の通りでした。〝皇室所有の盤について、簡単に偽物だなどと言うことはできない。慎重に検討を重ねて、見極めるべきことであるし、このようなことはなるべく口外していただきたくない〟」

淡々と、と蛍衣は先をつづける。

「〝しかし、盤が贋作とすり替えられている可能性は否定できない〟」

場がざわつきはじめた。寺嶋は口を開きかけ、そのまま固まってしまっている。

「つまり、なんだ――」三神が頭を抱える。

「事件の晩、記念館にいたのは四人ではなく、侵入者がいたかもしれない」

慎は三神に応えて、

「少なくとも、その可能性が生まれた。そして事件が起きた時間も、午前一時ごろであるとは限らないとわかった。これはもう、警察でない僕たちにはわからない。怪しいというなら、安斎が一番怪しい。要するに——何もわからないということが確認された」

「とは申しましても」

蛍衣が澄まし顔でつけ加えた。

「警察が捜査をしていることですので、じきに、真相は明らかになると思われます」

5

記念館の事務室では、管理人の唐沢が住みこみで働いている。

部屋の奥には畳が持ちこまれ、そこに万年床となった布団が一組敷かれていた。窓の外には、隣のビルの壁面が見えるのみだ。

シックハウス対策で導入された空調が小さく音を立てている。

主《あるじ》の唐沢は仏頂面《ぶっちょうづら》で事務机についていたが、やってきた慎の顔を見ると、

「ちょっと待ってろ」

のろのろと立ち上がり、傍らのポットから急須に湯を注いだ。

「……お構いなく」

慎は部屋を見回した。

あまり綺麗好きではないらしい。屑籠《くずかご》から、空になったインスタント食品が覗いていた。

「まあ坐ってくれ」

唐沢は空いた椅子を指し、自分は畳の上に胡座《あぐら》をかいた。

「〈八方社〉のほうはどうなってる？」

九星位である笠原気八段が変死し、挑戦者であった須藤六段が参考人として勾留された。この事件を受け、〈八方社〉はいまも揺れている。

動揺が大きいのは棋士たちである。

目聡《めざと》い者は、愼や蛍衣が普段は入らない会議室や役員室に出入りしているのを見咎《みとが》め、何があったのか、事件はどうなったのかと訊ねてきたりもする。

しかし口外無用ときつく言われているため、愼としても言葉を濁すしかない。そうでなくとも、愼自身、何が起きたのかなど皆目見当がつかない。頼みの綱の利仙にも、連絡すら取れない状況がつづいていた。

棋士たちからすれば、情報がまったく降りてこず、不信感を募らせている。理事たちは理事たちで、理事長派と副理事長派の二派に割れ、なかにはこの事件を政争の道具にしている者までいる。

突如として、終わりのはじまりが訪れたようだった。

「……揺れてるよ」

結局、愼はそれだけ応えた。

と思っている。元は棋士の志望である。彼の目から見れば、〈八方社〉は手の届かなかった場所にほかならない。事件を機に表に出た社の分裂騒ぎは、唐沢にとっても複雑なのだ。

「蛍衣ちゃんは一緒じゃないのかい？」

院生と呼ばれるプロ志望時代、姉弟子の蛍衣から一時も離れない小学生時代の慎を、唐沢はよく知っている。

そのことを思うと、なんだか面映《おもは》ゆいものがある。

「今日は対局でね」

社は揺れているが、棋戦は通常通り行われる。

今日、蛍衣が出場しているのはテレビ棋戦の一つだ。相手は、海外棋戦でも勝ち星を挙げている波連《はれ》八段。強者揃いの棋戦にあって、とりわけ強敵と言っていいだろう。

「勝つといいな」

唐沢が伏し目がちに応えた。

棋戦の女流枠に組み入れられた蛍衣は、まだ四段。彼女が勝つと本当に思っている者は少ない。それでも、彼女はやるからには勝つつもりでいる。

唐沢が立ち上がって湯飲みに茶を注《つ》いだ。

「そうだ、もらいもののカステラがある」

「本当？　蛍衣が羨《うらや》ましがるな」

布団の枕元に、三寸ほどの桂材の碁盤がある。

先日行われた本因坊戦の棋譜が、中盤の入口のあたりまで並べられていた。

「あの白の滑り、唐沢さんならどう受ける？」

「そうだな……」

記念館の管理人をやっているが、唐沢はプロに劣らぬ実力者である。彼を知る者は、皆、それを認めている。しかしどうしたわけか、プロ試験で勝利に恵まれなかった。

院生の先輩にあたる唐沢に、慎はいまも敬意を抱いている。

それでいて、いつの間にか慎のほうが強くなっていた。唐沢にとっては面白くもないかもしれないが、貴重な戦友であることに変わりはない。しばし、本因坊戦の序盤について熱っぽく語り合った。

「それで――」

検討に区切りがついたところで、唐沢が口を開いた。

「何を訊きに来たんだい」

「うん」

慎は頷き、それから躊躇《ためら》いがちに切り出した。

「音は聞こえたのかなって」

「音だって？」

「つまり……」

愼が口籠《くちご》もると、「ははあ」と唐沢が納得したように言った。

「――あの庭石が笠原八段の命を奪った、その瞬間の音だな」

笠原は坪庭の庭石に血まみれとなって横たわっていた。

死因が墜死であったとすれば、一階の唐沢が落下時の音を耳にしていてもおかしくない。

「俺も寝ていたから……。ただ、音が聞こえて目を覚ました気はする」

唐沢が慎重に答えた。

「すまんな、時間までは憶えていない。準備で疲れていたから、すぐ寝ちまったんだ」

「準備と言えば、今回、珍しい盤を展示しようと思ったのは？」

「御所に珍しい盤があると聞いてね。儀式に使うものらしいが、詳しいことは知らない」

「笠原さんの髪が切られていたのには気がついた？」

「ああ。だが、理由はわからんよ」唐沢が首を振った。「訊きたいことはそれだけか？」

「笠原さんが死ななければならなかった、その事情について何か思い当たることはないかな。つまり、もし殺されたのだとすると……」

こういう話は慣れるものではない。自分の声が、徐々に小さくなっていくのがわかる。

「動機か」

唐沢が慎のかわりに短く言った。

「借金を抱えていたと聞いたことならある。タイトル戦の賞金がなければやばいとか……」

「本当？」

慎は口元に手を当てた。

〝借金を作ってよそに子供を作ってナンボだ〟

と、前に先輩棋士から言われたことが思い出された。

実際、昔の棋士には、タイトル戦の場に借金取りが押しかけ、棋士がタイトルを獲るや否や回収したという話まで残っている。

ある意味で笠原は、昭和の時代の血を引く最後の一人であったのかもしれない。

「噂だけどな」

唐沢が念を押し、二杯目の茶を注いだ。

6

画面いっぱいに卓上盤の天面が映っている。

碁笥《ごけ》に蛍衣の手が伸び、黒石を摑み取った。つづけて、からりという乾いた音とともに、白の揚浜《あげはま》が打ち上げられる。揚浜とは、取った相手の石のことだ。

序盤から急戦となり、隅の一つがぽっかり空いたまま闘いがつづいていた。愼の見る限り、いまのところは、まだ相手の波連八段に食らいついている。

控え室で画面を見ているのは、愼のほかに若手の棋士が数名。

「……尖《こす》みで見合いにされるから、黒は上側を切る？」

「無理。元継ぎが辺に利く」

「そうすると下に尖んで……白は凌げるのかな」

一手三十秒の早碁である。検討のあいだにも、かん、かん、と勢いよく石が打たれていく。碁の澄んだ石音《いしおと》は耳に心地よい。それを拾うため、テーブルの裏には集音用のマイクが取りつけられている。

ときおりカメラが切り替わり、波連や蛍衣の横顔が映される。

蛍衣の首筋を、冷や汗が伝うのがわかった。

「あ――」

と、その口元が動いた。

時間に追われ、疑問手を打ってしまったのだ。が、波連のほうにも細かなミスはある。徐々に、部屋の皆の口数も減っていった。

このとき、思わぬ来訪者があった。

〈八方社〉の副理事長、寺嶋殳である。若手たちが慌てて姿勢を正し、寺嶋を迎え入れた。

ふん、と寺嶋は画面を一瞥して、

「どちらが勝ってる？」

誰にともなく、そんなことを訊ねた。

棋士の出身でない寺嶋は、碁を知らない。

波連さんです、と一人が答えると、寺嶋は画面に向き直って露骨な物言いをした。

「女流が勝ってくれると盛り上がるんだがな。前に一席ぶっていたから、どんなものかと思ったが」

先日の理事会のことを言っているのだ。

「まだわからないよ」

慎の口が動いた。

言ってから、しまったと思った。蛍衣が軽んじられると、どうしたわけか、自分が虚仮《こけ》にされたように感じるのだ。

寺嶋が眉間を歪《ゆが》めた。

「慎くんだったね。きみは、囲碁云々《うんぬん》の前にまず口のききかただ」

それからも寺嶋は何か言いたげに口を開いたが、思い直し、置いてあった湯飲みに自ら茶を注いだ。そのまま椅子につき、粘りつくような視線を画面に向ける。

なぜ引き留めたのかとばかりに、棋士の一人が慎に目を向ける。

局面は中盤を迎えつつあった。

表情は蛍衣のほうが険しい。波連が落ち着いた面持《おもも》ちで、扇子を片手に盤を見下ろしているのに対し、睨《にら》みつけるように、上目遣いに相手を凝視している。

〝蛍衣睨み〟だなどと解説で茶化されることもあるが、彼女のこの戦闘的な表情が、慎は好きだ。

空気が重い。

画面を見つめていた寺嶋が、ふと、我に返ったように振り向いた。

「劣勢なんだろう？　なぜこう頑張るんだ。言ってはなんだが、格上相手だろう……」

「蛍衣ちゃんにとっては違います」

これには別の棋士が応えた。

「変に人気が出てしまって、解説やイベントの仕事も増えた。碁を普及させたい僕らも、それに頼るしかない部分がある」

だが、蛍衣が碁の勉強をしない日は一日としてない。

そのことを、棋士たちは皆知っている。

「彼女はあくまで棋士として勝とうとしている。だから、みんな応援してるんですよ」

寺嶋は鼻を鳴らして、

「とにかく、彼女は諦めてはいないのだな」

と、その場に腰を据えた。

そのあいだにも、局面は素早く進行していく。

「着手が早いな」

「一手三十秒だからね」

抑揚のない声で、慎が応える。

「タイトル戦に出て、二日がかりで碁を練り上げる機会すら、一生に一度あるかないか」

「ふん……」

ものによるが、大きな対局であれば持ち時間が八時間に及び、一局が日をまたぐこともある。その際は、初日の最後に手番の回ってきた側が「封じ手」をする。紙に着手点を書き、それを立会人に預けるのだ。九星位戦の挑戦手合であれば、封じ手は〈月影の間〉に保管される。

――蛍衣が考慮時間を使った。

この棋戦では、一分の考慮時間が十回ぶん与えられている。だが、両者とも序盤のうちにそのほとんどを消費している。蛍衣が使ったのは、その最後の一分だった。

「娘がいてね」

不意に、寺嶋がそんなことを言い出した。

「演劇をやりたいようなんだ。親としては、やめろと言っているのだが」

「それは……」

「投了だ！」若手の一人が叫ぶように言った。

蛍衣は次の手を打つことなく、投了の意を告げたのだった。

「どうした？」寺嶋が眉をひそめた。「まだ、わからないのだろう……」

「数目足りない」

慎はため息を吐《つ》いた。

「波連先生を相手に、この差はひっくり返らない」

「数目？　たったそれだけで――」

慎は首を振った。「これもまた、碁なんだ」

まもなく波連へのインタビューがはじまり、蛍衣が控え室に戻ってきた。

慎の姿を見て、
強張った、少し震えた地声で言った。

「来てくれてたんだ」

「惜しかったね」

応えたが、本心ではなかった。勝勢を築いたあとの波連には、まったく隙がなかったからだ。

なぜだろう、碁は人智を超えているのに、人間の実力が反映されるのは。

「……蛍衣、このあとは？」

「雑誌の対談。ちゃんと笑わなきゃね」

そう言って、蛍衣は口角を持ち上げる。

寺嶋が目を合わせずにそっと席を立った。ほかの棋士たちもそれにつづき、部屋は慎と蛍衣の二人だけになった。

やっと気が抜けたのか、蛍衣が息を吐いて眉間を押さえた。

「投げたい」口のなかでつぶやくのが聞こえた。「碁のことだけ、考えてたいよ――」

＊

細く開けられた窓から風が入り、白無地のカーテンが揺れた。場所は、どこかの旅館と思われる。その一室で、男は籐《とう》の椅子に坐って足を組んでいた。

通信が安定しないのか、一瞬、ブロックノイズが画面を覆ってまた元に戻った。

「慎だから話をするんだぞ」

画面のこちら側に向けて、痩せぎすの男が念を押した。

「場所は教えられない。まあ、関東圏内とだけ言っておくか」

「安斎さんは一人？」

「ああ。と、おまえさんの顔が見えないな。カメラを下に寄せてくれ」

促され、慎はタブレットの角度を変える。

「それがおまえさんの部屋か。なんだい、ずいぶん色気がないな」

「うるさいな」

つい、相手のペースに乗せられてしまう。

低い笑いとともに、杖が持ち替えられる。安斎の食えない態度は、いつも通りだ。

怪我をしたのか、その手に絆創膏《ばんそうこう》があるのが見えた。

この男がなんらかの形で事件にかかわっていると慎が確信したのは、安斎が事件の翌日に現場にいたこと、そして〈月影の間〉に置かれていた囲碁盤が、偽物とすり替えられている可能性があると気がついてからだ。

盤は皇室所有のもので、九星位戦の挑戦手合に合わせ、岩淵鬲記念館に展示される予定だった。

その盤を運んできたのが、宮内庁の楡井になる。事件によって九星位戦の開催が宙に浮き、盤は楡井の手によって持ち帰られた。しかし慎たちが楡井に問い合わせたところ、その盤がすり替えられている可能性は否定できないとのことであった。

慎は幾度か安斎に連絡を試みたが、利仙同様に捕まらなかった。神楽坂《かぐらざか》の彼の自宅も訪ねてみたが、帰宅した様子もない。

疑念は強まったが、ただ、安斎が笠原八段を殺したとは思えないのだった。

安斎は盗みはする。

たとえ皇室所有の盤だろうと、盗みに入るのが安斎という男だ。だが、おそらく人は殺さない。そう考えた慎は、一種の賭けに出た。

自らの推理を添えた上で、安斎にメールを送ったのである。

——状況を知りたくないか、と。

安斎が怖れることがあるとするなら、殺人の容疑をかけられることであるはずだ。だからこそ、こうやって姿を隠してもいる。

そうであれば、事件の情報は何より欲しいに違いない。

はたして——安斎のほうから連絡があり、このビデオ通話がセッティングされた。

「……まずは、おまえさんの話を聞かせてくれや」

「事件の晩、〈月影の間〉に通じる吹き抜けを落ちる何者かが目撃された。最初、それは笠原八段の墜死の瞬間だと考えられた。でも、それだとどうも腑《ふ》に落ちない」

「何もおかしい点などないと思うが？」

「音だよ。人間が二十メートルの高さから落下すれば、相当の音がする。けれど、検井さんは音については証言していないんだ」

慎は相手の顔色を窺ってみた。

安斎は眉一つ動かさずに、

「それが、俺が忍びこんだ瞬間だったと？」

「まず、安斎さんは隣のビルの屋上を経由し、滑車か何かで〈月影の間〉に忍びこんだ。目的は、貴重な盤をすりかえるため。盗み出したら、すぐに記念館を離れるつもりだった。ところが、ここで予定外のことが起きた。笠原九星位の死体を目撃してしまったんだ」

「ほう」

安斎が面白そうに笑った。

「と、悪いな。つづけてくれ」

「安斎さんにとって、あの盤を盗み出すことは、リスクに見合うだけの価値あることだった。盗みが露見せず、かつ真犯人が捕まるのが一番いい。でも、贋作の盤という自分の痕跡が現場に残ってしまった。だから身を潜ませているし、僕の口から現状を知りたいと考えている」

けれど、と慎はつづける。

「盤が贋作である可能性が示されてしまった以上、遅かれ早かれ安斎さんの計画は露見する。逆に言えば、もう安斎さんが口を開かない理由はない」

「……まったく、おまえさんには敵わないな」

画面の安斎が腕を組み直した。

「おおむね言う通りさ。つけ加えるなら、滑車は仕掛けつきで、下からの操作で回収できるようにしてあった。だが、玄関にはセキュリティがあるし、あんな遅い時間だってのに三階に人がいやがる。それで、無様《ぶざま》にも記念館に閉じこめられる恰好になっちまってね」

「なぜ、そうまでしてあの盤を？」

「……あの盤は〝日置盤《ひおきばん》〟という」

おもむろに、安斎が口を開いた。

「日置盤は着袴《ちゃっこ》の儀、あるいは深曾木《ふかそぎ》の儀と呼ばれる、皇子の成長を祝う儀式で用いられる。式次第としては、まず皇子が白袴を着用し、扇や小松、山橘《やまたちばな》の枝を持って日置盤の上に立つ。それから、髪の数箇所を切り揃《そろ》えられる」

「髪を？」

発見された笠原は、確か髪を切られていたのではなかったか。

慎の心中を知ってか知らずか、安斎がつづけた。

「髪が切られたのち、盤上の二個の青石を踏み盤から飛び降りる。これが深曾木の儀だ」

「囲碁盤から飛び降りる？」

「盤は宇宙、石は星――」

安斎が暗鬱《あんうつ》に笑った。

「碁盤の起源は占いさ。それは、元より魔術の道具なんだ。そして——占いは、古来より為政者が使うもの。かつて、天皇は日置暦《ごよみ》という暦を持っていたそうだ。時の天皇がこれに基づき、高所に登って祝詞《のりと》を唱えれば春となる」

そこまで話してから、いいか、と安斎が指を立てた。

「初春に祝詞が下されるのではない。天皇が祝詞を下すことで、春になるのさ。……深曽木の儀の場合、盤は高天原《たかまがはら》、盤に置かれた青石は地球と月といった天体を意味する。深曽木の儀は、葦原《あしはら》の中津国《なかつくに》の支配者として、皇子が降臨されることを象徴しているのさ」

——俺は、盤を通して、棋界の新たな王、新たな為政者を生み出す。

かつて安斎が語った言葉が思い出された。

「では、日置盤に目をつけたのは……」

安斎が頷いた。

「俺の目的は、貴重な盤を手に入れることではない。皇子が降臨するべき宇宙そのものを偽物と差し替え、この国の霊的中心に穴を穿《うが》つことだったのさ。偽物の春に、偽物の桜が咲き乱れる世界。どうだい、偽物ばかりのこの現世《うつしよ》には、むしろそれこそふさわしいとは思わないかい？」

曖昧に、愼は頷いた。

祭祀によって春が来る世界を生きる住人にとって、日置盤は人の生死などより優先される。安斎が言っているのは、そういうことなのだろう。

「……安斎さんは、この事件をどう見るの？」

「左手に枝、そして切られた髪――今回の事件は、深曾木の儀と共通したところがある。そうだな、言うならこれは、深曾木の儀の見立て殺人といったところか」

不意に、引っかかるものがあった。

「ちょっと待って」慎は相手の話を遮った。「左手に枝があったって？」

7

「痛い！」

何かを蹴倒《けたお》すような音とともに、闇の奥から疳高《かんだか》い声がした。

〈月影の間〉の電気を点けると、部屋の中央で盤が倒れ、蛍衣がそこに手をついていた。

「待ってろって言ったのに……」

そう言って、率先して暗い部屋に入っていった姉弟子に目を向ける。

「大丈夫」蛍衣は澄まし顔だ。「ほら、いま置かれてるのは普通の囲碁盤だから」

「そういう問題じゃ――」

警察による〈月影の間〉の捜査は終わっていたが、事件の痕跡が残っていることもあり、部屋はまだ一般に開放されていない。

そこで唐沢から鍵束を借り、閉館後に入れてもらうことにしたのだ。

「あ。これじゃないかな」

蛍衣は慎を無視して、坪庭に落ちていた枯れ枝を拾い上げた。

言われてみれば、山橘の枝に見えなくもない。

部屋に備えつけられた、非常用の懐中電灯を蛍衣が手に取った。スイッチを入れ、坪庭の上の吹き抜けに向ける。

「あそこから折れたのかな」

壁沿いに蔦が這う、その上のほうに、剝《は》がれたような痕が見えた。

「……安斎さんが降りたときに折れた？」

「いや」慎は首を振った。「笠原さんが枝を握っていたわけだから……」

笠原が、落下の際に摑み取った。そう考えるのが自然だろう。だがそうすると、やはり犯人は須藤ということになってしまいそうだ。あるいは、なんらかの事情があって、笠原が自ら吹き抜けを降りようとして落下し、そのとき枝が手折《たお》られた。——はたして、そんなことがあるだろうか。

しばし、二人で目を見合わせた。

蛍衣が懐中電灯を消し、元の場所へ戻す。

「上も見てみようよ」

まず屋上へ上がってみた。

吹き抜けにはエレベーターが入っていたというが、いま、エレベーターホールにあたる構造物はなく、かわりに天窓が直接設《しつら》えられていた。

跳ね上げ式の窓を開け、見下ろしてみる。

蔦は計画的に這わせたものであるようだ。窓のすぐ下に取っ手のようなステンレスのアングルが取りつけられ、そこに蔦が這うためのワイヤーが吊《つ》り下げられていた。

ワイヤーと蔦を引っ張ってみた。

蔦とはいえ、年季の入った頑丈なものである。人一人の体重なら支えられそうに感じた。ただ、これを伝って降りられるかと訊かれると、心許ない。

アルミニウムのサッシに二箇所、凹みがあった。安斎が滑車をかけた痕と思われる。

「これ、警察は調べたのかな」と蛍衣。

「そりゃ見たんじゃないかな。でも、事件に関係するものと彼らが判断したかどうか」

身を乗り出してみた。

下階の灯りが坪庭を朧気《おぼろげ》に照らし出していた。庭石が、黒く染まっているのがわかる。

「よっ」

と、横から掛け声が聞こえた。

蛍衣が片手に蔦を摑み、窓に飛びこんでいた。

「って、ちょっと!」

「ううん」

蛍衣はステンレスのアングルに片手でぶら下がっている。

「降りられなくはなさそう。でも、朝のお散歩の延長って感じでもない」

「そりゃそうだよ!」

「誰かが笠原さんを突き落としたとすれば、普通なら、建物の外側に向けて落とすよね。だから、わざわざこの吹き抜けを選んだことになる。だとすると、どうして?」

「とりあえず、上がってきてから考えようか」

「あ――」

空いた一方の手を、蛍衣が口にあてた。

「封じ手?」

蛍衣が考慮しているのは、笠原が自ら吹き抜けを降りようとしたケースだろう。

挑戦手合で、初日最後の着手を書き記した封じ手は、立会人を介して〈月影の間〉に保管される予定であった。もし、相手が封じ手を打つこととなり、それを盗み見ることができたなら――。

「でも、手合があるのは翌日の予定だったし」

蛍衣は自分で自分の思いつきを打ち消す。

「タイトルを獲るような人が、そんな不正を考えるはずもないか」

「実際に、封じ手を覗き見るようなプロはいないと思う。ただ、笠原さんは賞金を必要としていた。自らここを降りてみたい誘惑はあったかもしれない」

蛍衣が手を伸ばしてきた。頷いて、慎は蛍衣の手を取って屋上に引き上げる。

彼女が服の汚れをはたきながら、

「ホテルや旅館で対局する場合、封じ手はフロントの金庫とかに預けられるよね」

「うん。でも、ここはフロントがないから」

慎は顎《あご》に手を添えた。

「かといって、管理人の唐沢さんも囲碁関係者だから、利害関係がないとは言えない。それで唐沢さんが、自分が預かるよりはと〈月影の間〉に置くことを前に提案したらしい」

「……笠原さんの部屋も見てみたいな」

「わかった」

幸い、五階に宿泊している者はいなかった。

笠原が泊まっていた部屋はバルコニーに面した和室だ。足を踏み入れると、わずかに黴《かび》の匂いが漂ってきた。

カーテン越しの月明かりが畳を照らしている。

プラズマテレビが置かれているが、電源のプラグは抜かれていた。押し入れの横に半畳ほどの空間があり、そこに避難用の梯子《はしご》のボックスがある。

「あった」

そう言って、蛍衣がボックスを開ける。

梯子はアルミニウム製の折りたたみで、端に、窓枠に引っかけるためのフックがある。

「笠原さんがあそこを降りたとすれば、これを使ったはずだよね？」

そこからは検討になった。そっと、蛍衣が首筋を掻く。

「楡井さんの証言をどう思う？」

「安斎さんは実際に天窓から侵入している。でも、理事会ではああ言ったけれど、楡井さんが何かを見たとするなら、やはりそれは笠原さんの落下の瞬間だと思う。落下と降下では速度も違う。それに、そうでないと、警察が須藤さんを勾留しつづける理由がなくなってしまう」

「そうすると、やっぱり怪しいのは……」

「うん」

「待って、それだと安斎さんの証言と食い違う」

「こう考えたらどうかな。たとえば――」

勝敗表から自分の名前を探し出し、白星を示す判を捺《つ》いた。

ため息一つ、愼は表に視線を這わす。

須藤禾の名前が目に入った。せっかく九星位への挑戦権を獲得したというのに、ずっと不戦敗がつづいている。

＊

翌週には、愼との対局が組まれていた。

そのことを考えると気が重かった。正面から闘いたい気持ちがあるのに、一方では、不戦勝を期待してしまう心もある。その心が、自らを蝕《むしば》むノイズのように感じられるのだ。

「――おめでとう」

廊下に出たところで、後ろからささやき声をかけられた。機野九段だ。

「ちょっといいかな」

そう言って、機野は無人の会議室を指さした。

ここ数日のあいだにも、ずいぶんとやつれたように見える。笠原八段の事件があって以来、理事会の対応からスポンサーへの説明と、現場で一番骨を折っているのが機野である。

会議室の電気が点けられた。

「これなんだが」

機野が取り出したのは、古い週刊誌の記事のコピーだった。

「出版部に頼んで見つけてもらったものでね。慎くんには、見ておいてもらおうと」

――記事の日附は十九年前。

日向《ひゅうが》の山中で、女性が一人殺されたというものだった。〝密通のはての惨劇、日向の山奥で何が?〟と、扇情的な見出しがついている。

それによると、犯人の名は花山《はなやま》リ《り》。《つとう》

被害者の夂《めめ》とは不義の関係にあった。夂は夫の出張のたびに花山を家へつれこんでいたが、やがて二人が心中未遂を起こすに至り、関係が皆の知るところとなった。

話し合いが持たれ、花山からは慰謝料が支払われた。

その後、夂は花山のことを忘れようとしたが、花山のほうは諦めきれず、夂のつれない態度が、余計に相手を狂わせる結果となった。

花山はあくまで心中にこだわり、日本刀を引っ提げて屋敷へ乗りこんできた。

そして、夂を息子の見ている前で惨殺したとある。

「この花山という男に、一人息子がいた」

機野が慎の手からコピーを引き取り、懐《ふところ》にしまった。

「息子は親戚にもらわれ、姓を変えて上京した。その息子さんこそが――笠原九星位」

「……機野さんは、前からこのことを？」

「前に、本人から明かされたことがある。ほかにも知っている者はいるよ。でも――」

機野が目を逸らした。

「碁の腕前に親の前科など、どうでもいいことだからね。忘れようと努めた」

しかしあのような事件があれば、否応《いやおう》なしに、このことが思い出される。

そして、事件に関係しているかもしれないと考え、出版部に調べさせたようだ。

「それで――」

湿りがちに、機野が口を開いた。

「記事にあった、父の息子さんの名前も調べてみたんだが……」

躊躇いを滲ませながら、機野はその子供の名を口にした。

「本当？」思わず、慎は顔を上げてしまった。

「わからない。わからないが、そうある名前でもないからね」

「待って……」と、声が漏れる。「すると、どうなる……」

慎のなかで、次第に事件の形が見えはじめてきた。

だとして、自分がやるべきことはあるのか。

待ってさえいれば、今回はいずれ警察が事実関係を明らかにするだろう。利仙とも、相変わらず連絡が取れないままだ。だがしかし、その間にも須藤の不戦敗は累積していく。

「ねえ、機野さん」

愼は沈黙を破った。

「もう一度、事件の関係者を集められないかな」

機野が目を丸くした。

「〈八方社〉の関係者はともかく、楡井氏はどうか……」

機野の口のなかで語尾が濁される。と、そのときだった。

「皆が集まればいいんだな？」

部屋の入口から声がした。

いつから来ていたのか——寺嶋が、二人の話を立ち聞いていたのだった。

「了解した」

非協力的であったはずの寺嶋は、それだけを言い残し、足早に部屋を出て行った。

機野と目を合わせる。機野も狐につままれたような顔だ。

「ともかく」

愼は我に返って咳払いをした。

「九星位はいつ、どうやって殺されたのか？　なぜ死体の髪は切られていたのか？　よりにもよってタイトル戦の前日に事件が起きた理由は？　ここまでくれば、あとは——」

そこまで口にしたところで、利仙の台詞《せりふ》が思い出された。

軽く、愼は片目をつむった。

「——盤に、線を引くだけだよ」

8

「〈八方社〉の棋士の衣川蛍衣です。今日はよろしくお願いします」

強張った声で、蛍衣が口を開く。

場所は記念館三階の一般対局場だ。集められた関係者は、楡井と唐沢。〈八方社〉から、理事長の三神佳と副理事長の寺嶋。それから壁際に、五階から下ろしてきたテレビがある。映っているのは安斎だ。

安斎は参加を渋ったが、容疑をかけられているなら晴らしたい思いがある。それで愼の要請に応じ、回線越しであればと参加を呑んだ。

「……先日、この記念館の〈月影の間〉で笠原九星位が亡くなりました。事故や自殺と言うには、不自然な点が散見されます。たとえば、タイトル戦の直前という時期であったこと。場所が、半密室の坪庭であったこと。そして、遺体の髪が切られていたこと」

「まず、死体が〈月影の間〉にあった理由だけれども——」

愼は蛍衣のあとを引き継いだ。

「これは、やはり墜落したのだろうと僕たちは考える。事件直後、笠原先生は吹き抜けの蔦の一部を握っていた。この蔦は、落下の際に笠原さん自身が摑んだものと考えるのが自然だと思う。と、ここまではいいかな」

皆が頷くのを待って、慎は先をつづける。

「元々、この事件は自殺のように見えるはずでもあった。ところが事件の晩、〈月影の間〉には日置盤という珍しい盤が置かれていた。このことが、思わぬ闖入者《ちんにゅうしゃ》を呼んでしまった。贋作師の安斎優だ。……そうだね、安斎さん」

皆が一斉にテレビの画面を向いた。

安斎は渋い顔をしながら、

「侵入したのは事実だが、あんな状況だ。盤を盗んだりはしていないぜ」

と、微妙な嘘を吐いた。

「髪は？」三神が眉をひそめた。

「髪については、安斎さんからの重要な指摘がある。というのも、この事件が、深曾木の儀に見立てられているのではないかと言うんだ」

「深曾木の儀というのは？」訊ねたのは、外部役員の寺嶋だ。

「皇族の七五三のようなものです」

これには蛍衣が答えた。

「皇子の成長をお祝いする儀式でして、このとき皇子は山橘などの枝を手に、碁盤から飛び降りることで知られています」

「でも」慎は蛍衣を遮って、「そうすると、妙な点が出てくる。笠原先生が枝を手にしたのは、落下の最中に起きた偶発的な出来事だと考えられる。すると――何者かが儀式に見立てたと考えるなら、髪が切られたのは、落下のあとということになる」

「ふむ」寺嶋が軽く頷いた。

「とすれば、髪を切ったのは誰か。まず、五階から降りられなかった須藤さんは除外される。楡井さんが何者かの落下を目撃したあと、一階まで降りたとしても、そのとき〈月影の間〉は施錠されていた。髪を切ろうにも、入る手段がない」

残るは、唐沢と安斎だ。

「唐沢さんは、儀式の内容自体を知らなかった。だから、そう――」

慎はテレビの画面に目を向ける。

「笠原先生の髪を切ったのは、そこにいる安斎さんということになる」

安斎は応えず、かわりに唇の端を小さく持ち上げた。

「……たとえば、滑車を使って吹き抜けを降りる際に、手を切ってしまった。目立たないよう、灯りをつけずに坪庭へ降りたのが裏目に出た。自分の血が、笠原さんの髪に附着してしまったんだ。このままでは、事件への関与を疑われてしまう。だから七つ道具の鋏《はさみ》で髪を切り、深曾木の儀に見立てた。残った髪は、細かく切って下水に流すなどした」

「おまえさんの言いぶんはわかったが……」

安斎が重い口を開いた。

「殺《や》ったのが俺じゃないという、説得力のある意見を聞かせてくれるんだろうな」

愼は曖昧に頷いて、

「そもそも笠原先生が落下をしたのはなぜか。誰かに突き落とされたとするなら、それは誰の手によるものか。まず、安斎さんとは考えにくい。突き落としたのが安斎さんだとすれば、突き落としてから間を置いて〈月影の間〉に侵入するのは道理に合わない。盤を盗み出すにしてもね」

次に、と愼は指を立てる。

「唐沢さんは一階にいた。仮に笠原先生を屋上までおびき出せたとしても、須藤さんと楡井さんの目を盗んで屋上まで行き、そして犯行後に帰っていくというのでは計画性がなさすぎる」

視界の隅で、唐沢が胸を撫《な》で下ろした。

「が、須藤さんがやったとも考えにくい。自分が一番疑われる状況をそのままにして寝て起きて、容疑をかけられるというのは、あまりに間が抜けている。仮に殺したいほどの動機があったとしても、挑戦権をふいにする棋士はいない。せめて、タイトル戦を終えてからやるはずだ。そして、楡井さんも考えにくい。楡井さんはあの日に盤を運んできただけで、被害者との接点が見えない」

では、と慎はつづける。

「事故の可能性も考えなければならない。つまり、笠原先生がなんらかの理由から〈月影の間〉に侵入しようとして、足を滑らせるなどしたのか。ところが、これもおかしいんだ。というのも、吹き抜けを降りたいのであれば、部屋にあった緊急用の梯子を使えばいい」

ところが、笠原は梯子を使わなかった。

「すると、こうは考えられないか。使わなかったのではなく、使えなかったのだと。たとえば、こんな筋書きだ。犯人は、笠原先生が自ら吹き抜けを降りるよう仕向ける。その上で、先生の部屋の梯子を隠し、吹き抜けの蔦には、摑まれずに剝がれ落ちるよう細工をしておく。つまり、未必の故意。これなら辻褄《つじつま》が合うよね。……だとすれば、そんな細工ができた人間は、一人しかいない」

しばらくの間があった。ややあって、皆の目が唐沢に向けられた。

「でも、これは迂遠《うえん》に過ぎる」

ふたたび、慎は自説を打ち消す。

「必要な細工が多く、証拠だって残しかねない。未必の故意にするメリットがないんだ。それに、吹き抜けを降りるように仕向けるといっても、具体的にどうするのか。強いて言えば、封じ手を盗み見させることだけど、あの晩は対局自体がはじまっていなかった」

ほっと、唐沢が胸を撫で下ろした。

「口上はいいがよ」画面の安斎が皮肉に笑った。「誰もいなくなっちまったぜ？」

「ここで一人、不審な人物が浮かび上がってくる」

安斎を無視して、慎は先を急いだ。

「たとえば、こんな証言があった。〝盤が贋作とすり替えられている可能性は否定できない〟と」

「それのどこが妙なんだい？」三神が首を捻る。

「大切な盤を、自分の職務上のミスで紛失してしまったかもしれない。それも、皇族の儀式にかかわるものだ。少なくとも、僕たちのような子供にまでそんな情報を流すだろうか？　するとその人物は、容疑者を増やすために第三者の存在を示唆したかったのではないか？」

しんと一同が静まった。

ここからが核心だ。一語一語、慎重に言葉を選んでいく。

「その人はこうも言った。〝目の錯覚か何かかと思い直し、またこの広間へ戻ってきた〟と。でも人一人が落下すれば相応の音がする。目の錯覚と思い直すことはありえない」

「そこの安斎とやらが降りていったところを見たんじゃないのか？」

「そうすると、もっと重要な証言が抜けていることになる。笠原先生が落下した、その瞬間だ」

「なんだい、すっかり騙《だま》されたぜ」三神が耳のあたりを掻いた。

ゆっくりと、皆の目が楡井に集まりはじめた。

慎は懐から一枚の紙を取り出し、皆に見せた。機野が持ってきた記事の写しである。

「……この記事に出てくる被害者の子供とは、あなたのことだね。楡井さん」

一瞬の間があった。

隠しきれないと判断したのか、楡井が無表情に頷いた。

「かたや加害者の息子」

抑揚のない声だった。

「そして、かたや被害者の息子。どちらも、幸福な生い立ちとは言えないでしょう。そんなわたしたちが、突然にこんな場で接点を得たときは、不思議な因縁を感じましたよ」

ですが、と楡井が顔を上げた。

「笠原先生個人に恨みはない。少なくとも、殺そうとまでは思いません」

「たとえば――」

慎は楡井の訴えを受け流して、

「笠原先生に、こんなふうに持ちかけたとすればどうだろう。昔の事件の、新たな証拠が見つかった。それを坪庭に置いておいたと。笠原先生は訝《いぶか》しみつつも、自分自身にかかわることでもある。だから、確認しないではいられない。そして、先生が天窓を開けたところで、後ろから――」

慎は手を広げ、目の前の空間を押した。

「この事件は、さまざまな点で倒錯している。まず一般的な目からすれば、笠原先生の死は借金苦から来る投身自殺に見えたはずなんだ。ところが、この場は碁のタイトル戦の前という特殊状況下にあった。大切なタイトル戦を前に自殺する棋士はいないし、対局相手を殺す棋士などいない。だからこの事件には、棋界の外の人間がかかわっているという解釈ができる」

もちろん、と慎は念を押す。

「これは解釈にすぎない。でも、楡井さんが偽証をしていたという証拠ならある」

そう言って、慎は乱雑に並べられた盤のうちの一つを指さした。

「ああ！」

声を上げたのは三神だ。寺嶋はなんのことかわからず、盤に向けて目を凝らしている。

「楡井さんは、事件の晩にここで碁を並べてみていたと言った。場所は、まさにあの盤があるところ。その証言を聞いたときから、蛍衣と僕はあなたを疑っていた」

「なるほどな」三神がため息を吐いた。「そういうことかい」

「……碁に親しんだ者であれば、木目や佇《たたず》まいから遠目にもわかってしまう。あの盤も、平時であればすぐに見つかったはず。楡井さんは、乱雑に並んだ盤の一つを適当に指しただけなのだと思う。でなければ、さすがに自分が持ってきたものだとわかるだろうしね」

このとき、その場の一人が盤に歩み寄り、天面に触れようとした。

蛍衣がそれを押しとどめ、「貴重な証拠です」と言い含めた。

「そう。皮肉にも、楡井さんが指さしてしまったのは、まさにあの日置盤だったんだ」

安斎がこの建物に侵入したと確信できたのも、この盤を実際に目にしたからだ。

「日置盤には通常の盤と決定的に異なる点がある。それは碁を打つために作られていないということ。そして碁盤というものは案外に柔らかい。石を打てば凹みが生まれるんだ」

ゆっくりと、愼は問題の盤に歩み寄り、天面を検《あらた》めた。

「打たれた形跡はないね。楡井さん、あなたは嘘をついている」

そっと、楡井が耳の後ろのあたりを掻いた。

その目に、徐々に暗鬱な光が宿りはじめる。

「坊主」——声が発せられた。「念のための確認だ。それは、わたしへの告発か？」

「……事件の夜の楡井さんの動きを想定するなら、こんな感じになる」

相手の目を見ないようにしながら、愼はつづけた。

「まず、須藤さんが寝静まったことを確認して、笠原さんを突き落とす。音で須藤さんが起きてしまうかもしれないから、すぐに三階へ降りて、目撃者を装う。三階の電灯は、念のため、あらかじめ点けておく」

ちらと楡井を窺ったが、ポーカーフェイスに戻っており、感情は読めなかった。

「建物の外側でなく、わざわざ坪庭に落とすことにしたのは、自らが目撃者になるため。ガラスに覆われた三階の吹き抜けであれば、逆光で人影が見えるからね」

ただ、と愼はつけ加える。

「楡井さんは告発と言ったけれど、僕の意図はそうではない」

「どういうことだ」

「あなたは笠原先生を突き落とした。が、殺してはいないと僕は考える」

にわかに、場が騒然としはじめた。

楡井が鋭く訊ねた。

「意図がわからないな。では、笠原九星位を殺したのは誰なんだ？」

「どのみち、このままでは説明のつかない部分が残る。まず、枝のことだ。安斎さんが現場を見たとき、小枝は笠原先生の手のなかにあった。ところが事件のあと、その枝は現場の庭に落ちていた。なぜか。笠原先生は、落下したあとも生きていたんだ」

「ほう？」

このとき、冷笑するように声を上げた人物がいた。

それから周囲の視線に気づき、彼は取り繕うように表情を消した。

「失礼、つづけてくれ」

「結論から言うと、安斎さんが〈月影の間〉を去ったあと、〈月影の間〉に入った人物がいた。理由は、落下音のことがあとで気になってきたから。そして――ここで、笠原先生が息を吹き返した。彼は、庭石の一つを拾って笠原先生に止《とど》めをさした。その彼は、検屍結果も知らぬだろうに、先生の命を奪った凶器が庭石であると正しく把握していた」

周囲を見渡し、愼は咳払いをした。

「そもそも、なぜ楡井さんは笠原さんと自身との関係を知り得たのか。それは、もちろん吹きこんだ人物がいたからだ。その理由は、悪意のほかに考えられない。もっと言うならば、その悪意に基づき、日置盤を展示するという企画が持ち上がったのではないか」

「愼」と、ここで三神が話を遮った。「そこまで言うからには、証拠があるんだろうな」

愼は楡井に目配せをした。

楡井が頷き、画面の安斎に向けて口を開く。

「安斎さん、取引をしませんか」

「そうか――」安斎が苛立った様子で応えた。「おまえら、嵌《は》めやがったな」

待ち合わせ場所のコーヒーチェーンで、三神は先に着いてタブレットの画面を覗きこんでいた。見ているのは須藤の復帰戦の棋譜だ。中盤の、愼の好手が放たれた場面である。

利仙が向かいに席を取ると、画面の右端を指さした。

コーヒーに口をつけるより先に、検討がはじまった。三神と利仙は修業時代からの仲間である。もう何百時間、こうやって過ごしたかわからない。

＊

「それで――」

検討に区切りがついたところで、利仙が口を開いた。

「本物の日置盤は、やはり三階の盤のほうだったのですか」

「ああ」三神が低く答えた。「安斎の野郎が、人目を忍んで三階まで盤を担いで上がった様子を想像すると笑えるがな。まあ、とにかく順を追って話していくか」

――あの日、愼たちは確かに証拠を手にしていた。

楡井が持ち帰った偽の日置盤に、唐沢が触れた痕が残されていたのだ。これは、あらかじめ愼と蛍衣が突き止めていたことだ。盤のすり替えを知らなかった唐沢は、犯行時、暗闇のなかで自らが触れた痕を拭かずに残してしまった。それは、安斎が〈月影の間〉を出てから死体が発見されるまでのあいだに、唐沢が侵入した痕跡にほかならなかった。

しかしそれを証拠とするためには、安斎に盤のすり替えを証言させる必要があった。〈月影の間〉にあった盤が、事件直後に偽物にすり替えられ、それをのちに楡井が回収した場合のみ、それは証拠になりえるからだ。

楡井としても、本物の日置盤を取り戻さねばならなかった。それ以上に、殺人で起訴されるか殺人未遂で起訴されるかが大きい。警察も、いずれは楡井とその証言に疑いの目を向けるかもしれない。そうならなくとも、慎たちが警察に情報を渡す。そこで安斎が証言することを条件に、記念館を管理する〈八方社〉ともども、すり替えについて目を瞑《つむ》ると取引を持ちかけたのだった。

その後、唐沢は警察へ出頭し、一通りの供述をした。

笠原への悪意が醸成されたのは、記念館の管理人として九星位戦の準備をしていた最中のこと。

勝負事の一手先は闇だ。その闇のなか、彼は入段することができなかった。しかし笠原はタイトル戦に勝つことを前提に、借金返済を目論《もくろ》んでいた。そんな人間がプロを名乗り、自分はその相手のための下準備をしている。楡井を巻きこみ、その彼に過去の因縁を明かしたのも悪意からだった。

だが、殺意はなかったという。

〈月影の間〉に倒れる笠原を見て、唐沢はまず救急車を呼ぼうと考えた。

その唐沢に対し、笠原は言ったそうだ。

〝この愚図、早く助けろ。俺は九星位だぞ〟——と。

棋士とインストラクターという違いはあれど、愼は唐沢を戦友だと考えていた。だが、笠原はそう思わない棋士であったということだ。

このとき、悪意が殺意へと変わった。

「ふむ」利仙が顎に手を添えた。「楡井の側の動機はなんだったのでしょう？」

「……庁内での出世レースに、過去の事件が響いていたそうだ。楡井本人に罪はないし、まして被害者の子さ。だが、そう考えない人間もいたようでな。その鬱屈が、かつて母を殺した犯人の子である笠原を前に爆発したということらしい。俺は、唐沢がそこまで期待していたと疑っているがな」

「なるほど」

「だが、ほかに解《げ》せない点も残るんだよな」

「なんでしょうか？」

「〈月影の間〉は、一階部が施錠された、いわば半密室の状態だった。そうすると、唐沢のやつは、笠原を殺したあと、どうしてわざわざ〈月影の間〉に鍵をかけたんだ？」

おかしいだろう？　と三神は相手に同意を求めた。

「俺だったら鍵は開けておく。そのほうが、容疑者の幅が広がりそうだからな」

なるほど、と利仙が頷いた。

「それでしたら、こういうことがあったのではないでしょうか。事件のあと、吹き抜けの上の天窓は開いていた。これは、ちょうど煙突が出現したようなものです。……そして、煙突のある家では、ときとしてこんな現象が起きる。煙突のある部屋に入ろうとしても、ドアが開かないのです」

仕組みはこうです、と利仙がつづけた。

「陽が昇るとともに煙突のある部屋は暖められる。対して、部屋の外の廊下はシックハウス対策の換気扇によって負圧となっている。気圧差があったのですよ。……これで、機野九段は鍵がかかっていると思いこんでしまった。力をかければ開くのですが、機野九段は、それを鍵を回したために開いたのだと勘違いした」

三神は瞬きをしてから、なるほどな、とつぶやいてため息をついた。

「それにしても安斎の野郎、俺たちの目と鼻の先に盤を置いていやがった。つくづく腹立たしい野郎だぜ。死体遺棄罪には問えないのか？」

「自分が殺したのでなければ。微罪は多くありますが、まあ不起訴といったところでしょうか。今回も、安斎は逃げおおせたわけです」

不機嫌な顔つきのまま、三神が頷いた。

「……そうだ。メキシコ旅行はどうだった?」

「いい蛤《はまぐり》が入りましたよ」

問われ、利仙は苦笑を返す。

——蛤は碁の白石の材料である。

いまは国産のものは尽き、ほとんどをメキシコからの輸入に頼っている。

「しかし驚いたぜ。あの二人が、おまえの了承は得たと理事会に乗りこんできたときはな。おまえが大丈夫だと言うから任せてみたが、まったく冷汗ものだったぜ」

「大目に見てやってください」

利仙は穏和に笑うと、タブレットに手を伸ばして棋譜を自動再生させた。碁は百六十九手まで進み、慎の投了によって終局となった。

深草少将
ふかくさのしょうしょう

〝百日のあいだ、昼も夜も、私のバルコニーの下で待っていてくれたらあなたのものになります〟——兵士はすぐバルコニーの下に行った。二日……十日、二十日が経った。毎晩、王女は窓から見たが兵士は動かない。雨の日も風の日も、雪が降っても、鳥が糞をして蜂が刺しても、兵士は動かなかった。そして九十日が過ぎた。兵士は干からびて真っ白になった。眼から、涙が滴り落ちた。涙を抑える力もなかった。眠る気力さえなかった。王女はずっと見守っていた。九十九日目の夜——兵士は立ちあがり、梯子を持って行ってしまった。最後の夜に。

——『ニュー・シネマ・パラダイス』

1

水の匂いがした。

一帯を濃い霧が覆《おお》い、その吹雪のような白い夜のなかを、人々が物言わず歩いている。皆が向かう先はわからない。先を行く影は、霧の向こうへ白く融けていた。

道は悪く、あちこちが泥濘《ぬかる》み、薄く濁った溜まりを作っていた。踵《かかと》がローカットであるせいで、ひっきりなしに水が靴に入ってくる。まるで半片《はんぺん》か何かを踏み歩くようだった。

遠くから、ざあ、と唸《うな》るような低い轟《とどろ》きが聞こえてきた。

それは吹き荒《すさ》ぶ風のようでもあり、山鳴りのようでもある。

徐々に、水の匂いが強くなってきた。やがて霧の奥にいくつもの暖かな光が瞬きはじめ、視界が開けた。それは川辺にひしめく小舟のカンテラの輝きだった。広く、向こう岸が見えないほどの川の此岸《しがん》に、いくつもの桟橋が造られている。凪《な》いだ、銀盤のような水面《みなも》の上に、色とりどりの渡し舟が浮かんでいた。

なぜ、僕はこんな場所にいるのだろう？

頭のなかにまで霧がかかったように、愼《しん》は何も思い出せない。

——何かを忘れている気がする。大切な何かを……。

栈橋の手前で、杖を手にした老婆が目を光らせていた。だが、愼が話しかけても反応がない。こちらの姿が、見えないかのように。

舟に乗ろうにも、身一つで渡し賃もない。着ている服は、薄い綿の浴衣《ゆかた》一枚だけだった。

風が急に寒く感じられ、愼は知っている人間の顔を探した。

いた。利仙《りせん》だ。ちょうど、栈橋から舟に乗るところだ。

先生——と、愼は声を上げようとした。ひゅう、と喉から呼気が漏れた。声は出なかった。舟を留めていたロープが解かれ、そのまま、舟は川向こうへと漕《こ》ぎ出していった。

どこかで鐘を撞《つ》く音がした。

——ここはいったい？

愼は来た道を振り返る。

一本道だと思っていたものは、枝分かれした無数の小径が合流したもので、自分がどこを通って来たのかもわからなかった。視界の先は眩《まぶ》しくて見えない。まるで白飛びした写真のように、道は背後の地平に近づくほど、明るい闇の向こうへ融けていくのだった。

川上から石音《いしおと》が聞こえてきた。

音に引き寄せられるように、愼は川辺を歩きはじめる。

途中でしゃがみこみ、水に手をつけてみた。手は濡れなかった。温かくも、冷たくもない。掌で水を掬《すく》うと、水はたちまち煙のように虚空《こくう》に散り、消えていった。

童子が二人、向かい合って坐り、大小の化石を並べて遊んでいた。

化石は交互に打たれ、あるときは重なり合い、またあるときは消え、相互に作用し、万華鏡のような幾何学模様を描き出しては消える。模様や形に応じたルールがありそうなのだが、その決まりごとは、彼らの呼吸のなかで、現在進行形で生まれては消えていく。

それは彼らのみしか知らない、いまだ生まれ出でざる彼岸の遊戯なのだ。

……そこで目が覚めた。

外の川のせせらぎと、雀《すずめ》の声が部屋に満ちていた。午前の光が、窓越しに慎に降り注ぐ。

昨夜チェックインしたばかりの旅館の一室だ。

窓の外に、昨夜は気がつかなかった景色が開けている。青々とした夏の山の斜面を切り通しの小径が横切り、観光客がストックを手に散策していた。

枕元にラップトップのコンピュータが一台、開かれたままとなっている。

布団を敷き、そのまま疲れて眠ってしまったらしい。画面に映っているのは、いま打たれている囲碁のトーナメント戦の盤面だ。あらかじめライブ観戦の予約をしていたところ、自動的に再生がはじまり、その石音が夢へ紛れこんできていたようだ。

夢で見た幻の遊戯に、慎は思いを馳《は》せる。

昔——確か、あれは幼稚園だったろうか、友達とその場でルールを作りながら、即興のゲームを遊んだことがあった。おそらくは囲碁も、最初はそのようにして生まれた。それがやがて体系化し、複雑化し、コンピュータにも解析困難な玄妙な遊戯と化し——千年のときを超えて人から人へ伝わり、そしていま、バトンは自分たちの手のなかにある。

慎は十八歳。——囲碁棋士である。

2

窓を開けると、暖かな夏の大気がふわりと慎を包みこんだ。蟬《せみ》の声がした。眼を落とすと、窓枠に沿って、蟻《あり》たちが黄金虫の死骸を運んでいる。

朝食の時間はすでに過ぎていた。

深呼吸をして、慎は窓を閉める。

日本の深い緑を見るのは、これでしばらくお預けになる。〈八方社《はっぽうしゃ》〉による海外への棋士派遣制度によって、来月から一年間、メキシコで囲碁普及に努めることになったのだ。

慎の推薦をしたのが——彼が師と仰ぐ、吉井《よしい》利仙。

その行動範囲は広く、一昨年などは碁石に用いる蛤《はまぐり》を見るため、産地であるメキシコにまで足を運んだそうだ。

その際、利仙は囲碁ファンだという市議会議員と出会い、教育に囲碁を取り入れてはどうかと、棋士の派遣について渡りをつけたという。

もっとも、〈八方社〉理事長の三神《みかみ》は、慎を派遣することには消極的であった。若いうちに武者修行をさせておけというのが利仙の言いぶんであったが、なんといっても、まだ未成年である。まして、囲碁棋士にとって十代の一年間は大きい。

しかし、墜死事件で慎が奮闘する様子を見て、三神も考えを改めた。

そして去年、改めて慎にメキシコ行きを打診してきたのだ。

そうは言っても、慎からすれば寝耳に水である。棋士として大きな成果があるわけでもなく、いまは、目の前の棋戦で白星を積むことしか頭にない。

「僕にはまだ……」

そう答えることしかできなかった。

社の開催する囲碁教室などを手伝うことはあったが、海外で誰かに碁を教えるなど、分不相応だとしか思えない。

「こちらとしても無理強いをしたくはないのだが」

三神は複雑な表情だった。

「利仙さんが、ぜひきみにと言っていてね」

「利仙先生が？」

これを聞いて、慎の心は動いた。

慎が入段してプロとなって間もないころ——〈八方社〉の資料室で、一枚の棋譜を目にした。それは、利仙の引退間際の一局であった。記録では利仙の中押《ちゅうお》し負けとなっており、この一局を最後に、利仙は碁盤師へ道を転じた。しかし、最後の一局とは思えないほど、利仙の打ち回しからは、活き活きとした創意や着想が感じられたのだった。

以来——手合《てあい》の合間を見て、慎は利仙につきまとっている。

ぜひ、指導碁を打ってもらいたいと考えたのだ。

ところが、もう碁は打たぬと利仙はつれない。いまのところ、まともに取り合ってくれる気配はない。そしていつの間にやら、うまいこと弟子のように使われている。

だからこそ——。

利仙の推薦の話を聞き、慎はいくばくかでも認めてもらえたような気がしたのだった。

結局、慎はメキシコ行きの話を呑むことにした。

とはいえ、大きな棋戦は年をまたいで打たれるので、一年間日本で碁を打たないとなると、キャリアにはそれ以上の空白ができてしまう。

話を聞いた周囲の棋士たちは、慎に思い留まらせようとした。

姉弟子である蛍衣《けい》も、その一人であった。

「なんで相談してくれなかったの」

噂《うわさ》を聞いた蛍衣は慎に詰め寄った。

「わたしたちのピークは短い。だから、いまの一年間が大きいのに……」

これは慎自身も考えたことだ。

老境を迎え、なお一線で打ちつづける棋士はいる。しかし多くの場合、碁が人のうちに花開く季節は、短い。

わずかな期間、実戦から遠のいたばかりに、碁が狂いはじめる者もいる。

だが、ピークが短いというなら、なおのこと――早いうちから多くのものを見て、考え、碁のみに留まらず、自らを深めておきたい気持ちもあるのだった。

――いま、渡航を前に、慎は京都の宿へ来ている。

慌ただしいなか京都にまで出て来たのは、利仙を追ってのことである。外国へ行く前に、いま一度、指導碁を打ってもらえないかと利仙に頼むつもりなのだ。

しかし、利仙は立木から材を選び、すべてを一人で仕上げる、いまでは数少ない碁盤師である。年の多くを山で過ごし、木を見る時間にあてている。

そのうちに誰が呼んだか――放浪の碁盤師。

京へ来ているらしいと三神から聞き、泊まっていた宿までは知ることができた。それは京を訪れた棋士たちがよく利用する洛東《らくとう》の山あいの旅館で、慎や蛍衣も、タイトル戦の手伝いなどで、泊まったことがあった。

しかし、利仙は入れ違いで宿を発《た》っており、会うことは叶わなかった。身支度を終え――愼は耳の後ろの寝癖を気にしながら、部屋を出た。

このとき、足下でこつりと何かがぶつかった。

屈《かが》みこみ、拾い上げてみる。

それは、梅干しほどの大きさの、緑色をした枝つきの木の実だった。まだ瑞々《みずみず》しく、肉厚の硬い針葉が、櫛《くし》のように枝から突き出ている。嗅いでみた。かすかに甘い、爽やかな香りが広がった。

落ちていたのは、手折《たお》られたばかりの一粒の榧《かや》の木の実なのだった。

3

さらさらと小川が流れている。

川沿いに歩いていくと、途中小さな橋がかかり、手前に酒屋の軽トラックが停まっていた。その傍《かたわ》らで、エプロンを提げた男がガードレールに腰掛けて携帯端末を弄《いじ》っていた。

谷間であるらしく、先へ行くほど、左右から山が迫ってくる。

木々は楓《かえで》だろうか。深く茂り、風とともにゆっくりと揺れていた。

瓦屋根の木造住宅が並ぶ。

府道沿いの潰《つぶ》れた土産物店の硝子《ガラス》戸に、自身の顔が映っていた。古い自販機に、東京で売られなくなって久しい缶コーヒーが一つある。

どこかで犬が吠《ほ》えた。

慎は開いている煙草屋を見つけ、

「ごめんください」

と、店番の小母《おば》さんに訊ねてみた。

相手はカウンターの向こうで眉《まゆ》をひそめ、子供には売れないよという顔を返した。膝に、小型犬のマルチーズを乗せている。

犬が慎を見上げ、小さく尾を振った。

「なんでっか？」

「あの、人を探していて……」

慎は軽く頭を掻《か》いた。

「碁盤師の小父《おじ》さんなのですが、雰囲気としては、山伏のような……」

はあ、と犬を撫《な》でながら相手が首を傾《かし》げた。

「碁、と言うと、この？」

右手で将棋を指す真似をする。

「昨日来はったお客さん、そんなようなこと言うてはったけど……」

「本当？」

――聞けば、碁打ちだか碁盤師だかわからないが、近くに榧が自生している山はないかと訊ねた者がいたそうなのだ。知らぬと答えると、男はそのまま何も言わず立ち去った。

先生だ、と慎は直感した。

榧は、囲碁盤や将棋盤に用いる木材である。だが、何百年という樹齢を重ねて、ようやく盤を切り出すに足る大きさに育つ。良い立木ほど、切られてしまっている。

盤そのものの需要も、徐々に減ってきた。

そこで、利仙は職人としての幕を引くべく、最後の盤を作ろうと考えた。技術の粋を集めた、魔力を持つ究極の盤を。そうして、最高の榧を求めて彷徨《さまよ》っているようなのだ。

慎はさらに府道を進み、開いている店を見つけては立ち寄ってみたが、それ以上の収穫は得られなかった。やがて人家の数も減り、いつの間にか山道に入っていた。

渓流にベニヤ一枚だけの橋が架けられ、向こう岸に、立派な枝垂《しだ》れ柳の立木がある。

慎は恐るおそる板きれを渡り、幹に触れてみた。ひんやりと冷たかった。

森林管理局が立てた保安林の看板が、雨晒《あまざら》しとなって錆《さ》びていた。風が吹き、周囲の木々がいっせいにざわついた。陽が雲に隠れた。舞台が暗転するように、あたり一帯が影となった。

4

慎が次に足を運んだのは、最寄りの森林事務所であった。

椢が多く自生している場所はどこかなど、街の人間が知るものではない。しかし、森林管理局であれば、山野の状態を把握しているだろうと考えたのだ。

そうは言っても、林野庁の下部組織である。

突然訪ねて取り合ってもらえるか心配であったが、思わぬことに、一般向けの相談室が用意されていた。それればかりか、慎が名乗って用件を切り出そうとすると、

「ああ、機野《はたの》九段にはお世話になっています」

と相手が微笑《ほほえ》んだ。

どうやら林野庁と〈八方社〉の協同で、椢の植樹を通じて森林の再生を試みる〝棋道の森〟という事業があり、その八方社側の窓口が機野であったようなのだ。

「これまでにも、すでに五回の植樹祭が催されていますよ」

この担当は糸井《いとい》という名で、管理局から業務委託をされた森林インストラクターであるということだった。

ちょうど、施設の利用者がいなくて暇であったのか、糸井は特殊用材としての椢の価値

や、天然林の減少で提供が困難になりつつある現状などを慎に語った。

「岡山の国有林では、榧の人工植栽の試験もなされたのです。でも、当時は育成技術が確立されていませんでしたので……。種子の採取から苗木の養成、植栽と、二十年近くをかけて、ようやく小さな木にまで育ちました」

「問題なく育つのですか」

「最初は野兎に食われたりしますが、徐々に生長速度も上がってきます」

そんな仕事をしている人間がいるのかと、慎は恐れ入ったような気持ちになる。

「個人の支援者もいらっしゃいます」

こちらの敬意など知らぬままに、糸井がつづけた。

「毎年、千本もの榧の苗木を寄附してくれたかたもいたのですが、一昨年を最後にぷっつり止まってしまって、どうなったのか……」

「植えられた榧は、いま、どれくらいの大きさに？」

「まだ三メートル程度です」

糸井はちらと上を見上げた。

「ちょうど、ここの天井くらいですか。榧は、生長が遅い植物です。囲碁盤にするとなると、五百年はかかる。そのころには、わたしたちは二人ともこの世にはいませんね」

そう言って、糸井は微笑を浮かべる。

その様子は、五百年後に椪が大きく育っていることを信じ切っているようでもあった。

「利仙先生の話と一緒だ」

無意識に慎はつぶやいた。

利仙は、立木を切る際には神主を呼ぶ。神仏など到底信じていなさそうな利仙が神主を呼ぶというのは、なんだか可笑《おか》しいようでもあるが、それが数百年という時を超えた木を切ることの、せめてもの罪滅ぼしなのだという。

慎のつぶやきに、糸井は眉を持ち上げた。

「利仙さんとおっしゃいましたか？」

「先生のことを？」

「そりゃあ」糸井が小さく頷《うなず》いた。「昨日も、ここにいらっしゃいましたよ」

国有林の立木は、定期的に公売にかけられる。

その関係で、利仙は各地の森林管理署へ足を運ぶことがあるそうなのだ。用がなくとも、木を愛する者同士で通じ合うものがあるのか、話だけして帰ることも多いという。

「超然としたかたですよね」糸井が目を細めた。「落ち着いた雰囲気と言いますか……」

これには、慎も頷くしかない。

しばし、共通の知人の話題に花が咲いた。

「確か、今日からは鞍馬《くらま》のほうへ行くと言っていました」

「その周辺で、榧が自生してるのは？」

さて、と糸井は首を捻る。でも、おそらく立木を見に行ったのではないと思います」

「榧はあったかどうか。でも、おそらく立木を見に行ったのではないと思います」

「というと……」

「そのうち、利仙さんが教えてくれますよ」

と、謎をかけるように糸井が言う。

鞍馬は狭いので、宿をあたるだけで追うことはできるかもしれない。慎は礼を述べ、最後に、上着のポケットに入れておいた実を取り出した。

「これって、榧の実でしたよね？」

「どれ」

と、糸井が実を手に取った。

むしろ枝のほうが気になるようで、しげしげと眺め、これはどうしたのかと訊いてきた。

「それが、僕にもよくわからなくて」

「榧の実であると思います。でも、少し不思議でもありますね……」

「不思議というのは？」

「……これは、枝を手折ったもののように見えるのです。しかし、榧の実は食用や油を取るのに使われるのですが、普通、実の部分が落ちてきたものを拾います。というのも、榧は一直線に天へ伸びる植物です。つまり――」

糸井が右手を宙に掲げた。

「届かないんですよ、手が。もちろん、生えかたや茂り具合にもよると思うのですが」

「……すると、どういうことでしょう？」

「あるいは――」

と、糸井は悪戯《いたずら》っぽく笑った。

「榧の精が、持ってきてくれたのかもしれませんよ」

5

事務所をあとにしたときには、すでに日が暮れつつあった。

鞍馬へは明日向かうことにして、慎は元の宿へ戻ることにした。

その翌朝のことである。支度を終えた慎が部屋を出ると、また昨日と同じように、榧の実が一つ置かれていた。

ことによると、自分が知らない習慣や風習でもあるのかと、チェックアウトをする際、慎は女将《おかみ》に訊ねてみた。

女将は差し出された実をしばし眺めたのち、フロントの奥の扉を開け、ねえ、と奥の小部屋で弁当を食べていたスタッフに声をかけた。

突然扉を開けられ、相手は猫のように目を丸くする。蛍衣と同い歳くらいの女性だった。

「これ知らん？」

「知らんよ」スタッフが箸を持ったまま答えた。「何《なん》それ？」

「部屋ん前、落ちとったん」

「さあ。樅《もみ》か何かやろか？」

「榧ん実みたい言うてんけど」

「ほな、深草少将《ふかくさのしようしよう》みたいや」

せや、と女将が頷いた。

「その――」と、なんとなく気圧《けお》されながら慎は訊ねた。「深草少将というのは？」

二人が目を見合わせ、頷き合った。

それから、女将が語ったところによると――。

深草少将は百夜《ももよ》通いとして伝えられる、小野小町《おののこまち》の伝説に登場する人物であった。一説では桓武《かんむ》天皇の孫で、俗名は良岑宗貞《よしみねのむねさだ》。六歌仙の一人、僧正遍昭《そうじようへんじよう》であるともいう。

少将は小町の美貌に魅せられ、意を決して彼女に求愛をする。

ところが、小町は柴折戸《しおりど》を閉めきったまま会おうとしない。かわりに侍女を通して、

――そんなに恋しいのなら、わたしのもとへ百夜通いなさい。

と、少将に伝えてきた。

そう言えば、相手が諦《あきら》めると思ってのことであった。ところが、少将はこの話を真に受けてしまう。それからというもの、雨の日も風の日も、雪が降っても、彼は毎夜一粒ずつの榧の実を持って小町のもとへ通いつめた。

雪が深くなってきた。

このままでは約束の百日目が来てしまうと、いよいよ小町も焦りはじめた。

しかし、九十九日目の朝、ついに少将は小町のもとへは訪れなかった。九十九個目の榧を手に、力尽き、凍死していたのだ。

女将がそこまで話したところで、

「うちが聞いた話とちゃう」

と、奥のスタッフが口を挟んだ。

「小町は百日目が来はるんを楽しみに待っとったんや。ほして、榧を糸に織って日数を数えとった」

さらに少将は凍死したのではなく、橋で足を滑らせたのだという。

「うちは、お母ちゃんからそない聞いたわ」

「伝説なんてそないもんや」

どちらでもいいとばかりに、女将が手を振った。

「やて、興味がおますなら随心院《ずいしんいん》へ行きよし。そこに生き証人が居ますさかい」

「生き証人？」

「行かはったらわかる」

――半信半疑のまま、愼は女将の言う場所へ向かってみることにした。

それは、駅を降りてすぐの場所に立っていた。

我知らず、小さな声が漏れた。

幹周りで十メートルはあろうかという榧の木が、マンションと小川に挟まれながら、狭苦しそうに、けれども力強く青々と茂っているのだった。

小さな、字の掠《かす》れた看板が立てられている。

それによると、樹齢は九百年。

〝小町はカヤの実を糸に綴ってその日を数えていましたが、最後の一夜を前に少将が世を去ったので、菩提《ぼだい》を弔うために小野の里にそのカヤの実を播《ま》いたと伝えられています〟

伝説の榧の実が生長したものだと匂わせる文面である。

根の脇に立ち、木の下から見上げてみた。

実がなっている。

一口に榧と言ってもさまざまな形があるようで、この榧の枝は鬱蒼《うっそう》と横に広がり、電線と交錯し、垂れ下がっていた。これなら、背の低い人間でも背伸びをすれば取れそうだ。

思いをはたせなかった千年前の少将の心中を、慎は想像してみた。

——先生は。

利仙は、自分の思いに応えてくれるのだろうか？

6

鞍馬まで行く道で、もう一箇所、慎は寄り道をしてみることにした。

小町の終焉《しゅうえん》の地とされる、静市《しずいち》の補陀洛寺《ふだらくじ》である。しかし、急な石段を登って辿《たど》り着いた本堂は、門が閉ざされていた。

空は曇り、水滴がぽつりと慎の髪を濡らした。

しばし立ちすくんでいると、やがて寺手伝いの青年が現れ、門を開けてくれた。

本尊の右奥に、老小町の像があった。

襤褸《ぼろ》をまとい、右手に杖を持っている。皺《しわ》だらけで、はだけた胸に肋《あばら》が浮いていた。慎が想像していた平安美女の姿とは、だいぶ異なるものである。

姿勢や服装は、三途の川で亡者の着物を奪うという奪衣婆《だつえば》に似たものだ。

しかし表情は穏やかで、老いた佇《たたず》まいからは独特の美が感じられもした。

「……卒塔婆《そとば》に腰掛けているので、卒塔婆像と呼ぶ人もいるようです。小町九十歳のころの姿でして、こうした老小町の像は全国各地で見ることができます」

青年が横で説明をしてくれた。

小町が晩年をこの地で過ごしたという伝説に基づいて、造立《ぞうりゅう》されたものだそうだ。

「こっちへいらっしゃい。珍しいものを見せてあげましょう」

つれて行かれたのは、墓地の隅にある建物だった。座敷に上がったところで、青年が鴨《かも》居《い》に掛け軸をかけた。

思わず、慎は喉の奥で呻《うめ》いてしまった。

「これは……」

描かれているのは、死体が朽ちていく様子だった。

美女が死んで野晒《のざら》しとなり、やがて腐敗し、ガスで膨張し、犬に喰われる。そうして白骨化していく過程が、丹念に、順に図示されているのだった。

「〝小町九想詩諺解図《こまちくそうしげんかいず》〟——いわゆる、九相図と呼ばれるものです。悟りの妨げとなる煩悩を払い、肉体を不浄なもの、無常なものと知るための絵巻だと言われます」

奈良時代に日本に伝わり、鎌倉から江戸時代にかけて多く制作されたものだそうだ。

青年の話によると、題材には檀林皇后《だんりんこうごう》や小野小町といった美女たちが選ばれる。それは僧たちが男性であり、女性への淫心を断つ必要があったからだという。

美が過ぎ去る過程を描くためには、元が美しくなければならないということだ。

「花の色は、うつりにけりな――」

青年が小町の有名な一首を詠んだ。

「春の長雨が降るうちに、桜の花は虚《むな》しく色褪《いろあ》せてしまった。恋や世間のことに思い悩むうち、衰えてしまった美貌のように――」

これは小町の歌の解釈だ。

でも、と青年がつづけた。

「本当にそうでしょうか。ご覧になったあの老衰像は美しかったでしょう。この九相図に美を見出す人も、多いはずなのです。桜が散るから美しいならば、人間も、死があるから美しいと言えます。老い、散っていく過程にこそ美があるのだとは言えないでしょうか」

青年が掛け軸を丸めた。

それから、戸口に立てかけてあったビニール傘を手に取って、

「この雨です」

と、傘を慎に差し出した。

「持っていきなさい。返さなくとも構いませんので」

青年と別れたあとも、先ほどの絵が脳裏から離れなかった。

ぼうっとした頭で、慎は雨に濡れた石段を下りはじめた。その歩みが、ふと止まる。階段の下で、傘を手に慎を待っている影があった。

「先生！」

慎は大きく声を上げた。

7

「なぜここに？」

慎は訊ねてから、利仙の表情がこれまでと異なっていることに気がついた。目の光は弱く、どこか遠くを見ているような、薄膜が張ったような印象なのだった。

利仙は口元に微笑を浮かべてから、

「あの掛け軸を見たのですね」

と、張りのない声で言った。

「……どう思いましたか」

「うん……」

と慎は少し考えてから、

「世は無常――そうだとするなら、なおのこと僕は石と盤のみの世界と向き合いたい」

「ふむ……」

利仙は複雑な、いわく言いがたい顔をした。

「九相図が説くのは、命の短さや愛の儚《はかな》さ。いわば、日本版の〝死を想え《メメント・モリ》〟です。慎の解釈は、間違ったものではありません。……では、卒塔婆小町はご存じですか」

慎が首を振ると、観阿弥《かんあみ》の作による能楽だと利仙が言った。

「主役《シテ》として登場するのは、百歳になろうという老女です。その老女が卒塔婆に腰掛けているのを、ある旅の僧が見咎《みとが》める。僧は説教をはじめるのですが、逆に老女の才知にやりこめられてしまう。驚いた僧が名を訊ねると、自分は小野小町だと老女が言う」

才色兼備で男たちを魅了した小町は、物乞いとなっていたというのだ。

「小町は自らの来《こ》しかたを語りはじめ、そしてその途中で突如、変貌します。彼女に焦がれながらも、思いをはたせなかった深草少将の霊が取り憑《つ》いたのです」

懐《ふところ》から、利仙は一振りの笹を出した。

「……この小町の変貌は、いまのわたしたちの目を通せば、解離性《かいりせい》障害の症状であると説明することができます。少将を苦しめたという自責を、小町は自分の人格に統合できなかった。そうして、少将の悪霊という外面的な姿が、一つの別人格として出現したのだと」

だとしても——と、利仙が慎に目を向けた。

「なぜ、少将の霊は小町を祟《たた》らなければならなかったのでしょう。言い換えるなら——なぜ、小町は自責の念にかられる必要があったのか」

「それは——」

彼女が少将を振ったからではないのか。

慎はそう思ったが、しかし、人が人の思いに応えられないことは、いくらでもある。それは、人格が解離するほどの自責をもたらすべきことなのか。

「小町の伝承には無数のバリエーションがあります。榧ではなく、芍薬《しやくやく》が登場する話も有名ですが、なかには、こんなものもあります。小町は疱瘡《かさ》を病んでいて、それゆえ少将と会いたくても会えなかったのだと」

鞭《むち》を振るように、利仙が笹を振った。

「疑問はまだあります。なぜ、少将は百日目に小町のもとへ来られなかったのか。考えてもみてください。少将は、百日目を楽しみにしていた。それが満願を目前にして、力尽きなどするものでしょうか。あるいは——来られない理由がそこにはあったのではないか」

「理由だって？」

「たとえば、熊本の座頭琵琶《ざとうびわ》の伝承に、こんな話が伝わっています。小町は、橋のない川に白い布をかけておいた。そしてそれを、少将が夜目に本物の橋と見間違えて渡り、川に落ちて死んでしまった——つまり、小町は少将を謀殺したのだとする説です」

まあ、と利仙がつづける。

「いつの世も、人の悪い想像を巡らせる者はいるということです」

「あの——」

慎は利仙を遮《さえぎ》り、躊躇《ためら》いがちに、上着から椢の実を取り出した。

「この実は、もしかして先生が？」

「なぜそう思うのです？」

「なんとなく」

利仙は穏和な笑みを浮かべ、さて、と小さく首を振った。

否定とも肯定とも取れなかった。

「わたしはこれから鞍馬へ行く予定ですが……慎、一緒にいかがですか。あるいは、面白い椢の木が見られるかもしれませんよ」

「でも……」

「無常の九相図とて、下から順に読めば、それは再生の物語となります。図から無常が読み取れたとするなら、その無常は見る側の心のなかにある。何事も、見えかた一つなのですよ」

そう言って、利仙は笹の葉をしまった。

「あとは――そう、盤面に線を引くだけです」

8

小雨が降るなか、二人で叡山《えいざん》電鉄の駅に向けて歩きはじめた。曇り空に、古い工務店の看板や、向山《むこうやま》の稜線がぼんやりと浮かんでいる。

歩きながら、利仙はこんな話をした。

「前の、岩淵《いわぶち》記念館での事件を憶えていますか」

「そりゃあ……」

——忘れたくても、忘れようがない。

あろうことか、タイトル戦を前に棋士が殺されてしまった。そして慎は蛍衣とともに、不機嫌な〈八方社〉の理事たちを前に立ち回る羽目になったのだ。

「事件は解決しましたが、あのあと、供述で不可解な証言が出てきたそうなのです」

「え?」

「その証言とは、子供のころのものだという記憶でした。椪の木の上から、死体が落ちてくるのを見たと言うのです。しかし、そのとき当人はずっと木の下に潜んでいた。すると、奇妙です。誰かが木を登ったなら、気づかないはずがないのですから。とはいえ……」

古い記憶のことなので、この供述が問題視されることはなかったそうだ。

しかし、利仙はこのことが引っかかった。

「どのみち、古い記憶が時間とともに変化したにせよ、もう少し合理的な解釈はできないのか。それで、考えてみたのですが……」

利仙は人差し指を天に向けた。

「榧が上に伸びていたと考えるから、話が合わぬのではないでしょうか」

「どういうこと？」

「……一口に榧と言っても、さまざまな形があります。たとえば、三重県の南中津原《みなみなかつはら》には、寝榧として親しまれる木が残されています」

利仙は立てていた指を横に向ける。

「榧の変種のようなのですが、まるで倒木のように、横方向に生長していくのです。あるいは——供述に出てきた木は、これと同じ形状をしていたのではないか。つまり、被害者は走って逃げてきて、そして目の前で絶命した。その記憶が時間とともに変質し、まるで落ちてきたかのように錯覚したのではないかと」

仮説を立てた利仙は、供述を元にその場所を探し当て、実際に立木を見てきた。

はたして——その場所にあったのは、まさに寝榧《ねがや》であったという。

「……あなたの部屋の前に置かれた榧の実は、そこからわたしが手折ったものです。宿に預け、スタッフに頼んで置いてもらいました」

「理由は？」

「それがですね……」

利仙が珍しく口籠《くちご》もった。

このとき――前方の交差点で、青い傘をさして佇む人物が目に入った。遠く、顔はまだ見えなかった。だが、慎にはすぐに、それが誰であるかがわかった。

「蛍衣！」

「わたしが呼んでおいたのです」

横を歩く利仙が言った。

「あなたの部屋の前に榧の実を置かせたのは……。慎、あなたが、小町伝説に興味を持つように仕向けたかったからなのです。そして、自ら考えてもらいたかった」

「何を？」

「キルケゴールのことは習いましたか」

いちいち知らないと答えるのも、なんとなく悔しい。黙して、慎はつづきを待った。

「〝死に至る病とは絶望のことである〟との言葉を残した、デンマークの哲学者です。この人物なのですが、青年時代に、レギーネという恋人との婚約を破棄しています。しかしそれは、嫌いになったから破棄したわけではありませんでした」

キルケゴールは生涯独身を通し、むしろレギーネを愛しつづけたのだという。

ただし、彼が愛したのは生身のレギーネではなく、彼の脳内にある永遠の存在としてのレギーネであった。

しかし相手からすれば、たまったものではない。

「いまの目で見るなら、彼はスキゾイド・パーソナリティ障害という、一種の精神疾患だったのではないかと考えられます。この障害を持つ患者は、人と深くかかわる交流を避け、自らの聖域を守る傾向があります。そして、周囲からは、超然とした、ときに冷淡な人間に映る」

利仙は静かにつづけた。

「わたしもそうなのです。たびたび誤解されることなのですが、わたしは人や物事にかかわらず超然としているわけではなく、単に、かかわることができないのですよ」

「でも――」

先生は、かかわってくれた。これまでも慎たちにかかわり、手を貸してくれた。

その言葉を慎は呑みこんだ。

「かつて、わたしと贋作師《がんさくし》の安斎《あんざい》のあいだに、小さな三角関係が生まれたことがありました。小町が少将の思いに応えられなかったように、わたしも、ある女性の思いに応えられなかった。ですから、慎も……あまり、わたしに囚われないで欲しいのです」

そこまで言うと、利仙はそっと傘を閉じた。

いつの間にか雨は止み、雲間から暖かな夏の光が射しこんでいた。車が一台、音を立てて愼たちを追い越していった。蛍衣がこちらに気がつき、手を振るのが見えた。

「煩悩を避け、石と盤のみの世界を生きる――それは、一つの生きかたであると思います。でも、わたしがそうするしかないのに対し、あなたには選択肢があります」

利仙の眼光が、徐々に鋭くなってきた。

「この世は無常かもしれません。けれど、現実に存在していて、そして美しい。九相図を見て煩悩を断つにせよ、いまある生を言祝《ことほ》ぐにせよ、それは見る側の心一つです」

だから――と、利仙がつづけた。

「その現実において、あなたを待っている者がいる。あなたがわたしを追うように、あなたを追う者もいる。ですから――よく考えて、話をし、それからメキシコのことは決めてもらいたいのです」

9

それから、三人で電車に揺られながら鞍馬を目指すこととなった。

どうしたわけか、愼はしばらくぎくしゃくして何も話せなかった。そんな愼の心中を知ってか知らずか、蛍衣はと言えば、京都のどこへ観光に行ったのかだとか、何を食べたのかだとか、本物の姉のように根掘り葉掘り訊ねてくる。

駅に着いた。

街は小さく、府道を北へ歩きはじめるとすぐに山に入った。利仙はいつもの健脚で、府道を外れて森のなかへ分け入っていく。

鞍馬山の国有林だった。

「小町伝説にはこんな結末もあります」

歩きながら、利仙が口を開いた。

「少将が世を去ったあと、小町は残された九十九の榧の実を植え——そして、やがて榧の森ができたというのです。これなどは、わたしが好きな結末の一つです」

雨はすっかり上がっていた。

あたりには杉や檜《ひのき》の大木が茂り、遠く、頭上から木漏れ日が射しこんでいる。足下の腐葉土はしっとりと雨を含み、柔らかかった。

「そろそろですよ」

まもなく開けた一角に出た。

ヘルメットをかぶった男たちが、小型のショベルカーで山の斜面を掘り返している。慎たちの姿を見て、遅かったな、と男の一人が嗄《しわが》れた声で言った。

思わぬことに——似合わぬヘルメットをかぶったその男は、贋作師の安斎なのだった。

「本当に出るんだろうな」

やや不機嫌そうに、安斎が利仙を向いた。

さあ、と利仙が微笑を返した。

「わたしたちの、日頃の行いさえよければ」

ふん、と安斎は鼻を鳴らし、掘り返されつつある斜面に目を向けた。

「ちょっと——」

その横から、慎は割りこんだ。

皆がいっせいにこちらを見た。

「あの」と、気持ち怖《お》じ気《け》づきながら、「みんな、いったい何を掘ってるの?」

「縄文榧ですよ」

と、これには利仙が答えた。

「……一九九七年、佐賀県の林道建設現場で、長さ二十メートルほどの植物遺体が発見されました。保存がよく、生木に近い状態であったため、過去の環境や植生を知る手がかりになるかもしれないと、関係者は調査をはじめました」

それは榧の木であったそうだ。

年代測定の結果は、思わぬものであった。五千年以上も前、縄文時代前期のものだというのだ。

「列島の榧の植生は古く、縄文時代には実が食されていたことがわかっています。それで、この榧の古木がどうなったかと言いますと――」

「これが――」安斎があとを引き継いだ。「なんと、碁盤になったのさ」

慎は蛍衣と顔を見合わせる。

利仙が咳払いをした。

「この縄文盤を作ったのは宮崎の熊須《くます》碁盤店。タイトル戦で用いられたこともあります」

「どうだい」

安斎が振り向いた。

「神武の時代から――いや、それより前から列島を見守ってきた榧さ。魔力を持った盤を作るっていうなら、これ以上にふさわしい材もない。それで、利仙のやつは自らの手で縄文榧を見つけ出そうと考えたんだ。まるで考古学者みたいにな」

だが、と安斎は言う。

「簡単なことじゃねえ。だから分け前を条件に、俺も手伝っている次第でね」

「場所は衛星写真や地中レーダーを使ってあたりをつけました。国有林ですので、糸井さんにも骨を折ってもらって、ようやく林野庁の許可も下りたのですが……」

何かが埋まっていることは間違いないという。

しかし、木であったとしても榧とは限らないし、年代も測定してみないとわからない。

「出たぞ！」ショベルカーから声が響いた。

さて、と利仙が口のなかでつぶやいた。

「目当てのものだと良いのですが――」

もう一度、愼は蛍衣と顔を見合わせる。

きっと出るよ、と愼は無責任に応じた。そうに決まっている。何しろ、利仙の目論見《もくろみ》が、これまで悪い方向へ転んだことはないのだから。

サンチャゴの浜辺

1

天球が軋《きし》むような強い潮風だった。

裸足《はだし》のまま、青年は草葺《くさぶ》きの小屋から外に出た。今朝の漁のあと、帆を上げたままであったことを思い出したのだ。砂が舞い上がり、剝《む》き出しの向こう脛《ずね》を打った。浜の小舟に飛び乗り、マストが折れないよう、縦帆《じゅうはん》を巻きつけていく。

海鳥が鳴いた。

遠くを見ると、陽が真上から照りつけ、瑠璃《るり》色の海面をちらちらと瞬かせていた。暑かった。取り外したマストを、青年は櫂《かい》とともに寝かせる。やがて風も弱まってきた。

舟は父親から譲り受けたものだ。

小さな木造の舟だが、背骨《チャイン》を境に、上半分が白に、下半分が深いブルーグリーンに塗られている。この自分だけの舟を、彼は気に入っている。エンジンや魚群探知機を欲しいと思ったことはない。父から教わった方法で、魚を獲りたいと思うからだ。

エイが一匹、浜に打ち上げられていた。

このごろ、ときおりこうして打ち上げられているのを見る。十年前までは、こんなことはなかった。何か悪い前兆でなければよいと思いながら、エイを担ぎ上げ、腰に提げていたナイフで尾を切った。尾には毒があるが、鰭《ひれ》と、それから肝を煮込むと美味《うま》いのだ。傍《かたわ》らに蛤《はまぐり》の貝殻が転がっていたので、一緒に拾っておく。

「これでいいか……」

振り向くと、海にまで迫《せ》り出した密林の一角を、この小さな浜が刳《く》り抜いているのがわかる。父によれば、一族が古くから使ってきた浜だという。

この浜辺で一人で暮らすようになってから、十年以上が経つ。

父がいなくなったのは、青年がまだ十歳のときだった。ある嵐の晩に出航し、そのまま戻らなかったのだ。

母の記憶はない。父からは、青年が生まれてまもなく死んだと聞かされた。実際は、白人の大学生とともにメキシコシティへ駆け落ちしたのだと、噂《うわさ》好きの街の人間は言う。

小屋は椰子《やし》の葉の草葺きだ。

電気は来ていない。来ていたとしても、必要ないかもしれない。出港は朝の四時で、陸《おか》へ戻ってくるのが午前九時。釣果《ちょうか》を街の魚屋に卸し、帰って網を修理したり、明日の漁の準備をしたとしても、昼過ぎには漁師としての仕事は終わる。

屋根の下に入って、やっと汗が引いてきた。

ドラム缶から雨水を汲《く》み、捌《さば》いたエイを醤油《サルサ・デ・ソヤ》や唐辛子《チレ》とともに火にかける。エイはすぐに捌かなければ、独特の刺激臭がしてくるのだ。

椅子につき、しばしのあいだ微睡《まどろ》んだ。

必需品のほかに何もない室内を、弱まった潮風が柔らかく吹き抜ける。朝の漁の波の余韻が、もう一つの呼吸のように、ゆるやかに身体の芯を揺らした。蠅《はえ》が腕に止まった。潮が満ちるように、モノトーンの夢が迫ってきた。

――それは広い倉庫のような場所だった。

一面にビニールシートが敷かれ、自分の倍ほども大きい鮪《まぐろ》が何本も並べられている。男たちが慌ただしく行き交い、ときおり怒鳴るような、苛立たしげな指示が飛ぶ。

子供のころに見た、鮪の水揚げ後の処理だった。

昔、父と近くの港町へ買い出しに行った際、見せてもらったことがあるのだ。

まだ生きている鮪を、男たちが二人がかりで押さえ、それから大きな錐《きり》のような器具で額に穴を開ける。穴から長い針金が差し入れられ――びくり、と彼らの手の下で魚が一度痙攣《けいれん》した。刹那《せつな》の出来事だった。もう、魚は動かなくなっていた。

あたりはとうに血の海だ。思わず目を背けると、

「見ておけ」

横に立っていた父が、強い口調で命じた。

いつの間にか尾が切られ、血抜きがなされていた。男の一人がかま、の部分を力まかせに持ち上げ、その隙間から、もう一人が手際よく鰓《えら》を切り離す。腹が割かれた。首から内臓がまとめて引き抜かれる。すぐに空っぽの腹にホースが差しこまれ、血が洗い出された。

鮪はすべて輸出用だ。

この状態のまま冷凍され、日本や中国へ送られるのだという。

残った鰓や内臓は、地元の市場で売りに出される。この国の人間が好むのは魚より肉だが、それでも鰓はステーキになるし、胃も茹《ゆ》でれば食べられる。心臓の弁が美味いのだと父は言う。

まもなく、すべての鮪が冷凍へ送られた。

怖ろしかったはずが、気がつけば目が離せなくなっていた。

映画館や遊園地といった刺激的な場所へつれて行ってもらったことはなかった。そのかわりか、青年はこの水揚げの現場をいまも憶えているのだった。

漁に出た父が、何日も戻らないようなことが増えたのは、このころからでもあった。

大きな魚を釣るんだ、と父は酔うと口にした。

「金持ちに売るんじゃない。俺とおまえとで喰うためだ」

それは半分は本当で、半分が嘘だった。どちらにせよ、父はついに鮪を釣れなかった。

寡黙で、自慢めいたこともめったに言わない父だった。

——夢を見ているあいだは、父の顔を思い出せる。

だが、目を覚ますと忘れてしまう。そのことを、青年は夢のなかで自覚し、残念に思っている。

椅子から立ち上がると、集まっていた蠅が散った。

鍋が吹きこぼれそうになっていたので、ドラム缶から雨水を汲んで差し水をする。エイはいい具合に煮こまれていた。香りも悪くない。そうだ。いましがた魚を捌いたから、懐かしい夢を見たのだ。

「少しやっておくか……」

ベッドがわりの木箱の傍らには、ポリバケツが一つと工具箱が置かれている。屈《かが》みこんで、工具箱から鑢《やすり》がわりの石を取り出した。

拾ってきた貝を、陽に透かしてみる。いい蛤だった。誰にともなく頷《うなず》いて、青年は石で蛤を削りはじめる。この大きさなら、親指の先ほどの欠片《かけら》が七つか八つは取れる。

削り出した欠片は、バケツに放りこんでいく。

バケツに入っているのは過酸化水素水《オクシズ》だ。浸けこみ、天日で乾かし、それを何度も繰り返すことで、蛤は黄ばみが取れて綺麗な白になるのだ。

「なるほど」

と、このとき戸口から声がしたので、青年はぴくりと身体を震わせた。

立っていたのは、東洋人だった。歳は五十半ばだろうか。手に、大きな袋を抱えている。

男が感心したような表情を浮かべた。

「そうやって作っていたのですね」

上手くはないが、聞き取りやすいスペイン語だ。

袋をこちらに差し出してくる。二十ポンドのマサ粉だった。

「漁師をしていると聞きましたので、土産は穀物がよいかと……」

マサ粉はトルティーヤを焼くための穀粉だ。

玉蜀黍《とうもろこし》を石灰処理したもので、そうすることで栄養素が引き出され、つなぎを加えることなく、ひとまとめの生地を作ることができる。

「……あなたは？」

警戒しながら訊ねる。この浜辺にまで人が降りてくることは、めったにないからだ。

相手が頭を掻《か》いた。

「失礼」

それは、どことなく父を思わせる物腰や顔つきだった。

「わたしは、日本《ハポン》で碁盤を作る仕事をしていまして――」

2

青年は鍋を覗《のぞ》きこみ、魚が煮えたので食べていくかと訊ねた。

相手が頷いたので、袋を受け取って椅子をすすめた。

「すぐにできるよ。ええと——」

促され、東洋人が名を名乗った。

だが、馴染みのある名前でないため、ただの記号の羅列にしか聞こえない。曖昧に頷くと、サンチャゴさんですね、と男がこちらの名を呼んだ。

他人の名で呼ばれたような、据わりの悪さを感じた。

もうずいぶんと長く一人で暮らしている。友人は飛び魚くらいのものだし、街の魚屋はいまだに彼を坊主と呼ぶ。

「ガスが来ているのですね」

東洋人の目はコンロに向けられていた。

「プロパンです。このあたりは、地震が多くてガス管が引けないから」

「ここで蛤の脱色もしているのですか」

男が指したのは、貝を浸けてあるポリバケツだ。

青年は頷いて、

「どうやってこの場所を？　僕は、メキシコ人の商人に卸しているだけで……」

「探しました」

答えになっていない答えとともに、東洋人はゆっくりと椅子に腰を下ろした。

「それだけ、あなたの仕事が興味深かったということです。思った以上の長旅になってしまいましたが……。とにかく、順を追ってお話ししましょうか」

——男がその碁石の話を聞いたのは、一年前に遡《さかのぼ》る。

碁盤の贋作《がんさく》で口を糊《のり》する知人がおり、あるときその彼から、

「面白いものを見せてやる」

と、黄色い麻袋に入った碁石を見せられたのだという。

袋に入っていたのは白石のみで、黒石はなかった。

通常、碁の白石は蛤の貝から作られ、黒石は那智黒《なちぐろ》と呼ばれる粘板岩《ねんばんがん》から削り出される。那智黒は流通量が多いので、価値があるとされるのは、白石のほうだ。

袋から石を一つ取りだし、光に透かしてみた。

「よい石です」

やがて感想が漏れた。

「貝の縞目《しまめ》は密に入っていますし……。それに、機械ではなく、手で磨《す》られていますね。手触りはねっとりとしていて、これならば、だいぶ打ちよいはずです」

「さすがだな」相手が苦笑をした。「ほかには？」

「……うっすらと、黄色く色をつけてあります。煙草のやにか何かでしょうか。年季が入っているように見せるためでしょうが、この点はいただけません」

「俺もそれは気に入らない。やったのは、職人ではなく売り手だろうがな」

「この石は？」

「ネットで日向《ひゅうが》産の石として売られていたものだ。向こうの言い値は、百五十万円」

眼前に石を掲げたまま、眉をひそめた。

日向産の蛤石は、碁石の材として、最上とされるものである。日向灘の荒波に耐えるために、目方が重く、そして成長線の縞目が密に入っているのが特徴となる。碁石に用いるのは、それがさらに数百年という期間、地下に埋蔵され、状態のよいまま石化したものだ。

それゆえに、貝の硬度も高い。

長いこと使えば、次第に柔らかい黄味を帯び、石同士が互いに磨きあい、滑らかな手触りになっていく。こうして、持ち主とともに育っていくのが本場物の魅力だとされる。

だがそれも、百年ほどをかけて採り尽くされてしまった。

いま、日本国内で流通している蛤石はメキシコ産が主で、それを日向で加工し、日向特製として販売している。メキシコ貝もよいものはよいのだが、生きている貝を使っているので、柔らかな乳白色をした日向の蛤に対し、青みを帯びた白色をしている。

そして、総じて縞目が粗く、汚れもつきやすい。

「……妙ですね」

石を手にしたまま、口を開いた。

「古びたように見せてはいますが、石化はしていません。あくまで、生きている貝を材として用いたものです。ですが、縞目は密で、この点は日向産にも引けを取りません」

「そこさ」

相手が口の端を歪《ゆが》めた。

「いい石には違いないが、日向産として売るなら偽物だ。そうかと言って、どこの産かと問われれば、これがまたわからない。それで気になって、十五万に値切って買ってみた」

「こうした石はほかにも？」

「調べたら、同じような石が三組、市場に出回っていた。やはり、日向産としてな。それで、販売商から辿《たど》ってみたんだが……」

「大人しく教えてくれるものでもないでしょう」

「そこは、餅《もち》は餅屋ってやつでね。俺が贋物を捌くルートと重なっていたこともあってな。どうやら、メキシコの商人から買いつけたらしいと、そこまではわかった」

「この蛤が、中米で採られたものだと？」

「たぶん、メキシコかグアテマラか……。そのあたりに、日向そっくりの、潮の流れが速い浜があるんだ。どうだ、わくわくしてこないか？」

しかもだ、と相手がつづけた。

「この石を作ったやつは、きっと二束三文で卸しているはずさ。日本で百万という値がつけられることなんか、とても知らないんじゃないか」

「それは、会ってみないとわからないでしょう」

「まあな。だが、いずれにせよだ。直接に契約ができたら、儲《もう》かりそうだと思わないか」

これを聞いて、思わず相手を睨《にら》みつけてしまう。

この男も贋作師である。

おそらく、自らが加工し、より見分けのつかない日向産の石として売り出すことを考えたのだ。だが、それではせっかくの蛤が泣く。

「そんな目で見るなよ。……結局、商売にすることは断念したのさ。何しろ、俺はスペイン語なんかわからないしな。だから、こうやっておまえにも話をしたってわけだ」

煮魚はすっかり平らげられた。その空いた皿を片づけながら、

「……なるほど」

と、青年は小さな声でつぶやいた。

「この浜が、そんな特殊な場所だったなんてね。それにしても、どうしてこんな場所にまで？　あなたが、僕の石を買ってくれるってことなのかな」

「さあ、物次第ではありますが……」

相手の東洋人が言葉を濁した。

「ですが、このままではもったいないのです」

「なぜ？」

「たとえば、碁石には雪印《ゆきじるし》と呼ばれる等級があります。同じ蛤でも、琺瑯《ほうろう》質の縞目が揃《そろ》っているものを指すのですが、これは大きな貝から一つか二つ取れるくらいです。あなたの石は縞目がよいものも、そうでないものも、一緒になっています」

ですので――と、男がつづけた。

「せっかくよい蛤があるのに、こうした知識がないのはもったいないことです」

「教えてくれるか」

「もちろん」

相手が頷いた。

「それに、お話も伺いたいのです。どうして、碁のこともわからぬまま、漁の傍ら碁石を作ろうだなどと思い立ったのか。なぜ、ここまでそっくりに仕上げられたのか――」

「それはね――」

と、青年は工具箱から一つの白石を取り出した。

「これを手本にしたんだ。見てみるかい」

「これは……」

相手が受け取った石を眼前にかざし、目をすがめた。

「まさに、日向の蛤です。なぜ、あなたがこんなものを？」

3

父がいなくなって、まだ日も浅いある日のことだった。

まだ少年という歳だったサンチャゴは、釣果をクーラーボックスに入れ、街の路上で店を広げていた。箱に入っているのは、魚屋にも買ってもらえなかった小さな海老や蛤だ。

周囲には青や黄色、赤にペイントされた家々、黄色く塗られたアーチ、漆喰《しっくい》が半分剝《は》げた古い煉瓦《れんが》の教会が並んでいた。

街は色彩に溢《あふ》れ、そして貧しい。

八割を超える住民が貧困に喘《あえ》ぎ、同い歳くらいの少女が白人に身体を売っていた。

父から受け継いだ秘密の浜で魚が獲れるだけ、彼は恵まれていたと言える。

——その西欧人が訪れたのは、日も暮れかかり、浜辺の小屋へ帰ろうとしたころだった。

「いつもここで魚を売っているのかい」

身なりのいい観光客だった。

歳は、三十半ばだろうか。

憐れまれたような気がして、相手の顔を、少年は無言で睨み返した。開けた、ここは違う文明を感じさせる眼だった。

男は売り物の蛤に興味を示した。

相場の二十倍の値をふっかけた。相手は値切りもせずに、その蛤を買うと言った。

「国はどこから？」

訊ねると、日本《ハポン》からだと答えが返った。

「でも、あんたは……」

「生まれはドイツだ。でも、日本で囲碁棋士をやっていてね」

「棋士？」

囲碁というゲームも、棋士という職業も、サンチャゴは知らなかった。

それもそのはずで、当時、グアテマラの囲碁人口はわずか三十人。そうだからこそ、男は囲碁普及のために海を渡って来たのだった。

——普及のために、治安の悪いこの国まで来たというのか。

驚いたというよりは、呆気《あっけ》に取られた。

かつてこの地を征服し、そしてキリスト教を布教したスペイン人が連想されもした。

「棋士というのは、つまり……。遊んで、金がもらえるってことなのか？」

意地の悪い質問だったが、相手は否定も肯定もしなかった。

かわりに、ばつが悪いような、複雑な表情が覗いた。

「国の母さんにも似たことを言われたよ。それで、勘当同然で日本へ渡ってね」

男はビニールの買い物袋に蛤を入れた。

そのまま、片手を上げて去って行き――思い出したように、引き返して戻ってきた。

「これをあげるよ」

と、サンチャゴに一個の白石を握らせる。

「貴重なものだから、一つしかあげられないのだけど……」

一インチにも満たない小さな蛤石を手に、首を傾《かし》げた。

少年の目には、何の変哲もない、貝を削っただけの欠片に見える。

「これは？」

「真似て作ってみるといい。上手くすれば、日本人が高く買ってくれるかもしれない」

このとき、眼鏡をかけた高齢の東洋人が、道の向こうから男を呼んだ。

普及活動の連れ合いだろうか、こちらに向けて大きく手を振っている。

「また来るよ」

と、男がビニール袋を小さく持ち上げた。

去って行く相手の背に、サンチャゴは声をかける。

「そのなりはよくない。いかにも金持ちの観光客に見えて不用心だ」

「ありがとう」男が振り向いた。「わかった、気をつけるよ」


「でも――」

青年は言葉を継いだ。

「それっきりだ。その男がふたたび姿を見せることはなかった。少し、裏切られたような気もしたかな。でも、とにかく僕は石を作ってみることにした。そのうち、碁石用の蛤を日本に売っているというメキシコ人が買ってくれた。売値は二束三文だったけどね」

ここまで話してから、ふと、青年は相手の様子がおかしいことに気がついた。碁盤師だという東洋人は、青ざめたような、幽霊でも見たような顔をしているのだった。

「なんという……」

と、その唇が動いた。

「どうしたんだい」

一瞬の躊躇《ためら》いがあった。

「あなたが会ったというドイツ人は、おそらく、あなたを裏切ったのではないのです」

そう言って、東洋人はゆっくりと首を振った。

「……かつて、将来を嘱望されたドイツ出身の棋士がいました。見出したのは、小林千《こばやしち》寿《ず》という日本の棋士です。そのドイツ人は、碁をはじめたのは十三歳と晩学だったのですが、家族の反対を振り切って日本へ渡り、二十九歳でプロ入りをはたしました」

「すると……」

相手が頷いた。

「その棋士の名は、ハンス・ピーチ四段。プロとなってからは、囲碁普及を道と定め、キューバやメキシコ、……そして、ここグアテマラと行脚《あんぎゃ》して回ったのです。わたしは面識がないのですが、信頼できる人物であったと聞きます」

ですから、と東洋人がつづけた。

「その彼がまた来ると言ったからには、きっと、来るつもりだったのです」

「でも、現に……」

「亡くなったのです。二〇〇三年の一月一六日——場所は、やはりここ、グアテマラです。長原芳明《ながはらよしあき》六段とともに観光していたところ、アマティトラン湖で二人組の強盗に襲われ、短銃で撃たれたのです。——三十四歳でした」

——約束を反故《ほご》にされたわけではなかったのだ。

一度会っただけのドイツ人の顔を、青年は思い出そうとした。だが、父と同様、その顔は海蝕を受けた岩のように、年月とともに薄らいでいた。

日本の産だという蛤石を返してもらった。

幾度も手にした石は、まるで琥珀《こはく》のように、柔らかく黄色味を帯びている。

東洋人はしばらく黙していたが、やがて思い定めたように、

「わたしが石を買いましょう」

と、自らの胸を指した。

「もちろん、二束三文ではなく、然《しか》るべき対価で。よりよい加工の方法も教えます」

「わかったよ」

相手の勢いに押されながら、青年は苦笑した。

「でも、約束してくれ。あんたは、また来てくれよな」

4

道沿いに、作りかけの高架の柱が点々と並んでいた。

聖母被昇天の新グアテマラ《ラ・ヌエバ・グアテマラ・デ・ラ・アスンシオン》の高層ビル群を離れ、およそ半日。あの名もない浜で青年と別れてからは、三年が過ぎていた。そのわずかな期間にも、ビルや近代的な建物が増えた

気がする。

それでも、自治体のいまだ半数が、慢性的栄養失調の問題を抱えているという。青年からは、一度手紙を受け取ったことがあった。同じ先住民のガールフレンドができたという知らせだった。しかし、その一通のみで、その後のことは不明だった。

後ろについていた黒塗りの車が、急に加速して追い越そうとした。

運転手がそれに気づき、ハンドルを切って加速した。

「強盗ですか」

助手席から訊ねると、

「わからん」

不機嫌そうな、短い答えが返った。

追い越しを阻止しようとするのは、二台の車で挟みこんで、強引に止める強盗が多いからだという。それでも公共機関よりは安全だということで、車をチャーターしたのだが、たびたびこの加速があるため、生きた心地がしない。

「しかし、あんたも酔狂だな」

この指摘を受けるのも、何度目かのことだ。

「せっかくこの国まで来て、火山も遺跡も見ようとしないんだから――」

「約束をはたすためです」

そう答えると、相手はわかったようなわからないような顔をして肩をすくめた。

運転手の顔立ちはマヤ系の先住民のそれだが、スペイン語を話し、都市型の生活様式を送る彼らは非先住民《ラディーノ》と呼ばれる。

開け放しの窓から、潮の香りが入りこんできた。海が迫っているのだ。ここまで来れば、隣国メキシコのチアパス州も目と鼻の先となる。

先ほどの車は、いつの間にか姿を消していた。

道沿いに小さなバラックの茶屋があり、木陰に青や黄色のプラスチックの椅子が積み上げられている。その茶屋の前に、一人の老人が佇《たたず》んでいた。

運転手が車を停め、マヤ語で何事か訊ねた。

おそらく道順を訊ねたのだろう。老人は右、左と手を動かすが、いまひとつ要領を得ない。結局、後ろに乗ってもらって同行することとなった。

急に騒がしくなった。

自由に話せる相手ができて嬉しいのか、あるいはもとよりそういう性格であったのか、運転手が喧《やかま》しくがなりたて、老人が相槌《あいづち》を打つことがつづいた。

その会話のなかに、サンチャゴ、と固有名詞が混じるのが聞こえた。

「待ってください」と話に割りこんで、「彼のことを知っているのですか?」

「そうらしいぞ」

運転手がこちらを一瞥《いちべつ》した。

「だが、あんたのあては外れかもしれないぜ」

「どういうことです」

「まあいい、まもなく着くぞ」

ふたたび車が停められた。

こっちだ、と老人が身振りで示してセクロピアの林のなかへ分け入っていく。木々の向こうに、海が垣間見《かいまみ》えた。徐々に、前に訪ねてきた際の記憶が蘇《よみがえ》ってきた。

道すがら、運転手の通訳で老人の話を聞くことができた。

いまは隠居の身だが、元は漁師で、サンチャゴの父親とも親しかったという。ところが、自分は沿岸一帯の村々の顔役であるだの、ゴムの木の棒きれ一本で地上げを追い払ったことがあるだのと、だんだんと話が大きくなってくる。国境をまたいだ麻薬戦争の話になったところで、視界が開け、いつかの海岸に出た。

浜は荒れていた。

塵芥《ごみ》や流木、そして太平洋を横断してきたと思《おぼ》しき、日本語や韓国語のペットボトルの類いが堆積している。私有地と書かれた小さな看板があった。首都を拠点とするホテルチエーンのものだ。舟はなかった。

「あいつも、去年まではこの浜にいたんだが――」

老人が言いにくそうに切り出した。

「あるときを境に、酒に溺《おぼ》れるようになってな。漁にも出なくなった。それから、何か思うところがあったのか、国境を渡って、メキシコの民族運動に参加しちまったのさ」

「すると——」

口を衝《つ》いて出た。

「サパティスタ民族解放軍——」

老人が頷いた。

国境の向こう——メキシコのチアパス州で、貧しい先住民の農民が武装蜂起したのは、サンチャゴ青年が生まれて間もないころ、一九九四年のことだ。侵略から五百年を経て、インディオたちが立ち上がったということもあり、この事件は世界の耳目を集めた。

契機となったのは、北米自由貿易協定《NAFTA》。

貿易関税が失われれば、メキシコの貧しい農民はさらなる困窮を強いられるというのが、彼らの掲げた主張だった。

「そうすると、彼は父親と同じ道を……」

これを聞いて、相手が目を見開いた。

「知っていたのか」

ゆっくりと、首を振った。

「あるときから、父が長く漁に出て戻らないことが増えたと聞きました。しかも、魚は獲れなかったといいます」

母はすでにいない。家族はたった二人だけで、そして父はサンチャゴを養わねばならない。それが、特別な理由もなく、釣果も期待できない長い漁に出るものだろうか。

「それで、もしかしたらとは思いました。つまり、漁に出たのではなく、メキシコに密航して、サパティスタを支援していたのではないかと……」

運転手がこちらの肩に触れた。

「ここまで来て、残念だったな」

「……誰しも、政治の季節はあるものです」

名残惜しくは感じたが、踵《きびす》を返した。

「蜃気楼《しんきろう》の蜃《しん》は巨大な蛤だと言います。その巨大な蛤が見せるいっときの夢が、蜃気楼なのだと」

ですから——と、二人を交互に見比べ、つづけた。

「今回は、蛤に化かされたとでも思うことにいたしましょう」

主要参考文献

⦿青葉の盤

『碁盤・将棋盤――棋具を創る』吉田寅義、大修館書店（1981）
『遊芸師の誕生――碁打ち・将棋指しの中世史』増川宏一、平凡社（1987）
『囲碁の民話学』大室幹雄、岩波書店（2004）
『原色木材大事典170種』村山忠親著、村山元春監修、誠文堂新光社（2008）
『折口信夫全集第二巻』折口信夫、中央公論社（1965）
『木の名の由来』深津正、小林義雄、東京書籍（1993）
「草木名のはなし」和泉晃一（http://www.ctb.ne.jp/~imeirou/）（リンク切れ）

⦿深草少将

『浮遊する小野小町――人はなぜモノガタリを生みだすのか』錦仁、笠間書院（2001）
『庶民に愛された地獄信仰の謎――小野小町は奪衣婆になったのか』中野純、講談社（2010）
「『卒都婆小町』の分析的効果」内田樹（http://blog.tatsuru.com/2007/09/18_1110.php）
「樹々山坊」Daruma（http://homepage2.nifty.com/Hiro-Akashi/index.htm）（リンク切れ）
「佐賀県富士町、雷山南麓の斜面堆積物に埋没したカヤのAMSC年代」長岡信治、水田利穂、奥野充、中村俊夫、光谷拓実（1998）
『フォレスト・ニュース「森のひろば」No.1002』近畿中国森林管理局（2009）
『平成年度国有林野の管理経営に関する基本計画の実施状況』農林水産省林野庁（2014）

解説——よいミステリ、よい小説、よい宮内悠介入門書

村上貴史《むらかみたかし》
（ミステリ書評家）

■Science Fiction

海外で四肢を失ってから覚えた碁で常人離れした強さを発揮した女性棋士の灰原由宇《はいばらゆう》。そして、九段の実力者でありながら、棋士としてではなく灰原由宇のパートナーとして生きる道を選んだ相田淳一《あいだじゅんいち》。この二人を描いた「盤上の夜」という短篇小説を、宮内悠介《みやうちゆうすけ》は第一回創元ＳＦ短編賞に投稿し、山田正紀賞（選考委員による特別賞）を受賞してデビューした。「盤上の夜」はまず、同賞応募作を中心に編まれた『原色の想像力』（二〇一〇年）に収録され、その後、これを表題作として、宮内悠介にとって初の著書となる『盤上の夜』（一二年）が創元日本ＳＦ叢書から刊行されることになった。

翌年には、第二作『ヨハネスブルグの天使たち』が刊行された。こちらの作品は、「Ｓ－Ｆマガジン」に連載された後に書き下ろしを加えてハヤカワＳＦシリーズＪコレクショ

ンという叢書の一冊として刊行され、日本SF大賞特別賞を受賞した。さらに、火星の開拓地を舞台にした第三作『エクソダス症候群』は、書き下ろしの単行本として二〇一五年に創元日本SF叢書から刊行され、その後に創元SF文庫に収録された。

という具合に、二〇一〇年から一五年にかけては、SFの文脈での出版活動が目につく作家という印象が強かった宮内悠介だが、一六年に刊行された第四作は、少々趣が異なっていた。第四作『アメリカ最後の実験』は、米国西海岸を舞台に、音楽と殺人事件と父親探しを描いた小説であり、SF味は相当に希薄だったのである。この一六年には、他に三作品が刊行されていて、それまでの四年で三冊というペースと比較して、急に刊行点数が増えた年であった。同年刊行の第五作『彼女がエスパーだったころ』は疑似科学を扱った短篇集、第六作の『スペース金融道』はコメディの味付けがなされた債権回収スペースオペラ、そして、第七作の本書『月と太陽の盤』は、ミステリである。それも、「碁盤師・吉井利仙の事件簿」という副題がつけられた、宮内悠介にとって初めてミステリであることを前面に押し出した著作である。

■Mystery

『月と太陽の盤』は、囲碁という共通の題材を様々に活かした連作ミステリ短篇集であり、全部で六作が収録されている。

その第一話「青葉の盤」は、なかなかに贅沢な一篇である。質の異なる二つの謎を扱っているのだ。

碁盤師・吉井利仙は、十六歳の棋士・慎《しん》とともに、山口の山中を訪れていた。囲碁盤の材料となる榧《かや》を求めてのことだった。その土地で二人は、日本刀を手にした女性と出会う。彼女は、優れた腕を持ちつつも当時の本因坊とのトラブルで道を絶たれた号を昭雪《しょうせつ》という碁盤師の娘だった……。

その昭雪は、彼女が幼いころに不審な死を遂げていた。警察は最終的には事故と判断したが、依然として他殺の疑いはぬぐい去れていない。その不審な死が、まずは第一の謎である。そして第二の謎は、昭雪と本因坊のトラブルの原因となった碁盤である。本因坊は、昭雪に作らせた碁盤の出来が悪いとして激怒したのだが、後にその盤を見た利仙は、その盤が悪い出来には見えなかったというのだ。本因坊と碁盤師、いずれもプロであるが、どうしてこうも評価が異なったのか。

これら二つの謎が、四十頁強の短篇のなかで提示され、さらりと解かれ、強い余韻を残すのである。第一の謎については、利仙が語る真相が読者の脳裏に描くであろう絵柄が実に強烈であり、第二の謎においては、〝犯人〟の動機が印象深い。そのうえでの最終頁であり、最後の一行である。猛烈に推したくなる一篇だ。

続く「焔《ほむら》の盤」は、またひとつ趣の異なるミステリである。こちらは盤の真贋《しんがん》を巡る騙し合いを描いた一篇で、コンゲームの魅力がたっぷりと詰まっている。この短篇に最適としか言いようがない導入部に続き、美術館に展示される予定という逸品、鶴山《かくざん》の〈紅《こう》炎《えん》〉を巡って様々な思惑が絡み合う様が描かれる。結末の一言も鮮烈で、上質な一品だ。ちなみにこの第二話は、愼の相棒として本書で活躍する女性棋士・衣川蛍衣《きぬかわけい》（姉弟子だ）と、同じく本書を通じて活躍（といっていいのかな？）する贋作師の安斎優《あんざいゆう》が初めて顔を出すという意味でも、本書にとって非常に重要な一作である。

第三話は「花急ぐ榧」。碁盤師として卓越した腕を持つはずの利仙が、何故失敗作を拵《こしら》えるに至ったのか、という謎が、この作品の入り口となっている。利仙や安斎の若き日々が明らかになる本作は、しかしながら、純然たる謎解きのミステリではなく、ましてやコンゲームでもない。一人の女性棋士を中心に、彼女を取り巻く男性たちとの間に宿った秘密を徐々に読者に明かしていくという、静かな――そしてどこかしら狂気を感じさせる――サスペンスである。本作において男女の危うさの果てに明かされる真実は、失敗作たる盤に宿った想いの強さを、それもいくつもの想いの強さを、深く読者に感じさせる。なんとも胸に刺さる一篇である。

第四話は、表題作の「月と太陽の盤」だ。こちらは建物の図面も出てくる本格ミステリとして読ませる。

九星位というタイトルを賭けた勝負を前に、事件は起こった。前日から試合会場となるビルに泊まり込んでいた九星位の笠原《かさはら》八段が、上部が吹き抜けになった坪庭で墜死しているのが発見されたのだ。五階建てのビルの屋上にある天窓は開いていて、そこから自ら坪庭に飛び降りることもできるし、また、誰かが笠原を突き落とすこともできる。そんな場所で、死体は発見されたのだった。警察は、事件の参考人として、九星位を争う相手であり、しかも、件《くだん》の屋上にただ一人行くことができたと思われる棋士を任意で連行していった……。

探偵役が現場を訪れ、関係者の行動を吟味し、証言を集め、死体の不自然な点を考察し、推理し、そして真相に到達する——ミステリとしての軸は、実にオーソドックスだ。関係者の数も、レギュラー陣を除くと六人と犯人探しの謎解きには適切である。しかも、この第四話のためだけの登場人物一覧も冒頭に置かれていたりして、本格ミステリらしさは、その見せ方からして〝本気〟である。登場人物名もそれっぽく奇矯だ。もちろんネタも正統派。どこから見ても上質なミステリなのである。そしてその事件を、囲碁界の派閥争いが取り囲み、結果として慎と蛍衣にスポットが当たる作りとなっている。それもまた本書らしくて満足。

続く第五話「深草少将《ふかくさのしようしよう》」では、またしても手触りが変化する。

十八歳になった慎は、一年間メキシコに赴き、教育の一環で囲碁を教えることになった。

利仙の推薦によるものだった。慎はそれに先立ち、一目利仙に会っておこうと、利仙が訪れているという京都へ向かった。だが、放浪の碁盤師と異名を取る利仙のこと、なかなか出会うことができない。そんな状況で慎が訪れた宿で彼を待ち受けていたのは、榧の実だった……。

通常は手の届かないほど高いところに実るという榧の実。それが何故、手折られて慎のもとに届けられたのか、そしてそれはなにを意味するのか、という謎によって読者を作品世界へ導き、小野小町《おののこまち》のエピソードも重ねられて謎が深まってゆく本作。ゆったりとした滋味深い一作である。とはいえ、滋味だけではなく、利仙が内に抱えている痛みが語られるくだりもあり、また、第四話と関連のある新たな真相も語られていて、複雑な味わいを愉しめる。

そして最終話。まさかこんな一話で『月と太陽の盤』という一冊が締めくくられようとは……。たしかに少なくとも第四話あたりからは明らかに伏線が張られていたのだが、それにしても宮内悠介ならではの大胆な飛躍である。いやはや感服。

なお、参考までに記しておくと、この最終話で重要な役割を果たす棋士も、終盤で言及される組織も実在している。そうした史実と、自らが五篇を費やして育んだ人物を活かして、著者はこんなにも切ない物語を生み出したのである。よい小説を読んだという感想がくっきりと残る作品だ。

ちなみに第六話だけ別の雑誌に掲載された（他の五篇はいずれも「ジャーロ」だが、これだけ「ランティエ」）。囲碁を題材とした競作の特集向けに書いた一作だった。

さて、以上六篇からなる『月と太陽の盤』だが、とにかく読みどころが多い。個々の作品についてはこれまでに記してきたとおりだが、全体を通しての読みどころも豊富なのだ。

まずは変化であり、多様性である。

例えば、十六歳の少年として登場した愼が成長していくに伴い、利仙との関係も変化していく。それも、人間としての成長と、ミステリという小説を構成する一人の登場人物としての成長（あるいは構成要素としての役割の変化）の両面が描かれているのだ。

そうした関係の変化を象徴するのが、〝証拠が出そろったので謎解きに入ろう〟という際に探偵役が口にする決め台詞「あとは、盤面に線を引くだけです」の微妙な変化である。通常のシリーズものであれば、おそらく毎回きっちりと言い回しを揃えてくるであろう決め台詞だが、宮内悠介は、作品ごとに様々なかたちでニュアンスを変えてきているのだ。

さらに、前述したように各篇の趣はそれぞれに異なる。ロジカルな犯人当てもあれば、騙し合いもある。一篇ごとに変化しているのだ。

つまり、各短篇ごとに新鮮なのである。それを是非たっぷりと味わっていただきたい。

また本書では、準主役たちにも注目したい。愼の姉弟子である蛍衣と、悪役といえば悪役だがまるで憎たらしくはない安斎の二人である。ミステリとして話を展開させるうえで、あるいは、ミステリとして一話を完結させるうえで、この二人が果たす役割は非常に大なのである。しかもそれぞれにキャラクターとしてチャーミングだ。贋作師という悪役がこんなにも顔を出すなんて、ブラウン神父における大怪盗フランボウか、といいたくなるくらい嬉しくなったりする（宮内悠介は旅行中にネパールで原書でG・K・チェスタトンを買って読んだとのこと）。

そして宮内悠介らしさは、碁盤の扱い方にもあらわれている。ある人物が第一話で「碁盤は古代中国の宇宙観を表したもので、もとは呪術の道具であると言われます」と語り、第二話では別の人物が「盤は宇宙、石は星」と語る。そう、本書において盤は宇宙であり、ときに人をそこに引きずり込んで支配するのだ。こうした観点が作品全体を貫いており、それ自体はミステリの論理性とは一見するところ相容れないのであるが、著者の一貫性やその活かし方を通じて、しっかりと『月と太陽の盤』という一冊のミステリに不可欠の要素として馴染んでいるのである。

宮内悠介らしさは、もう一点、テクノロジーの扱い方にも見てとれる。「青葉の盤」において碁盤の石音を計測する技術であったり、「焔の盤」において碁盤にある細工を施す技術であったり、おそらくは一般読者の知識には存在しないであろう先端テクノロジーが語られているのだ。こうした〝理系〟の語り口が時折顔を出すのも、宮内作品を読む愉しさであり、それがミステリ指向の本書にも宿っているのが心地よい。

というわけで、だ。本書は上出来のミステリ短篇集であり、良質な小説であり、そして、紛う事なき宮内悠介本なのである。

■ Before/After

さて、宮内悠介とミステリについてもう少し語っておこう。

後出しじゃんけんのような情報の提示だが、実は宮内悠介は、二〇一二年、つまり『盤上の夜』が刊行された年に発表した「青葉の盤」（本書の第一話だ）によって、日本推理作家協会賞短編部門の候補になっているのである。残念ながら受賞は逃したものの、「青葉の盤」は、その年に発表されたあらゆる新作ミステリ短篇を選りすぐったアンソロジー『ザ・ベストミステリーズ２０１３　推理小説年鑑』に収録され、二〇一三年に本になっているのである。筆者は当時、協会賞短編部門の予選委員とこのアンソロジーの選考担当を兼ねており、「青葉の盤」を強力に推した記憶があるだけに、本書の誕生はとにかく嬉しい。

宮内悠介は高校生の頃から綾辻行人に私淑していたというし（本書で盤の内の宇宙と外の宇宙を繋いで見せたのも綾辻行人らしさのあらわれか?）、ＳＦに加えて、ミステリも好きであった（それよりプログラミングが好きだったというが、一人で行うプログラミングもまた、言語で世界を紡ぎ上げる〝芸術〟である。ソースコードを読者に提示するのか、ユーザインタフェースとして表現された外観やその振る舞いを利用者に提示するのか、という相違があるに過ぎない）。そのミステリ好きという一面は、「青葉の盤」に先立つ短篇にも現れている。二〇一八年に刊行された短篇集『超動く家にて』には、宮内悠介がワセダミステリクラブのOB会誌「清龍」によせた短篇が二篇収録されているのだ。発表年代が新しい方が「超動く家にて」である（なんと二〇一一年の同人誌発表作が商業誌発表作をおさえて表題作だ）。奇妙な建物の平面図がいくつも頁を飾り、エラリイやルルウを名乗る面々が推理を口にする一篇である。十人が一人また一人と死んでいく展開といい、いやいや、ミステリファン大喜びの一作である——と紹介しておこう。宮内悠介ならではの短篇である。そしてもう一方が「エラリー・クイーン数」。Wikipedia風の文体の短篇であり、問答無用で愉快。二〇一〇年に「清龍」に発表された一作だが、今年もしくは来年が読み頃の一作だ。

　デビュー後も第二作『ヨハネスブルグの天使たち』の第三話をミステリ仕立てで書いたり、第三作『エクソダス症候群』も当初は、夢野《ゆめの》久作《きゅうさく》『ドグラ・マグラ』や竹本《たけもと》健治《けんじ》の『匣の中の失楽』のようなアンチミステリを指向していたと語るように、SF叢書からの出版が続いていた時期ではあったが、ミステリも十二分に意識していたのである（本質的には、宮内悠介は当初から宮内悠介であって、SFやらミステリというのは、彼という一人の人物が右を見ているか左を見ているかくらいの相違なのかもしれない）。

宮内悠介の〝ミステリ〟は、本書の後にも様々なところで顔を出している。

まずは二〇一八年の『ディレイ・エフェクト』の表題作、二〇一七年発表の一作だ。現代の東京と第二次世界大戦終盤の東京が重なり合うという不思議な状況において、ある男とその妻と娘を描いた一篇なのだが、意外な動機がもたらす衝撃は、まさにミステリの愉しみである。ちなみに同書第二話「空蟬」（二〇一五年）は、一人の男性の死が自殺か他殺かを探りつつ、彼と仲間たちがバンドとして輝いたこと、そして彼を失って平凡に戻っていった様を綴っている。ある種のトリックや、逆転の発想とともに、だ。そして第三話の「阿呆神社」は、人情ミステリとでも呼ぶべき一篇。語りの巧みさも堪能できる。ちなみにこれは「青葉の盤」と同じく二〇一二年の作品だ。

二〇一九年発表の『偶然の聖地』は、もはやなんと紹介してよいか悩むほどに混沌としていて、しかも抜群に素晴らしいエンターテインメント小説なのだが、この小説の一要素がミステリである。謎が出てくるし、屋敷の平面図も出てくる。そしてその平面図（七一頁）を左右反転させてみると、おやおや、本書の平面図（一五三頁）に大枠で重なるのだ。中央の吹き抜けを含めて。謎そのものや謎の解かれ方はまるで異なる両作だが、両方読むべきと強く推しておく。

重なるといえば、『偶然の聖地』と中篇「カブールの園」もそこかしこで重なっていて、かつズレている。本書の第二話「焰の盤」で慎たちは〝モアレ〟について議論するが、そんな具合に重なってズレているのだ。『偶然の聖地』の「IN POCKET」での連載が二〇一四年一一月号から一八年の八月号まで続き、「カブールの園」が「文學界」二〇一六年一〇月号に発表されたことを考えると、両者の執筆時期は重なっている。故に、この〝モアレ〟は宮内悠介が意図して生じさせたものであろう。その狙いについて、あれこれ（無責任に？）考えてみるのも、また彼の著作の愉しみ方といえよう（『超動く家にて』を読むと、強くそう思う）。

さて、宮内悠介について、冒頭ではSFの文脈で、それ以降ではミステリの文脈で語ってきた。だが、SFにしろミステリにしろ、宮内悠介の僅かに一面しか語れない切り口である。ある読者からすれば彼は、「カブールの園」「ディレイ・エフェクト」で芥川賞候補となり、『カブールの園』で三島由紀夫賞を受賞した文学の人に見えているかもしれないし、『盤上の夜』『ヨハネスブルグの天使たち』『あとは野となれ大和撫子』（これはようやく言及できたが、筆者が大好きな大活劇小説だ）で直木賞候補となった大衆小説作家として認識されているかもしれない。本年には、自らが声を掛けてアンソロジーを編んだが、テーマは博奕だ（『宮内悠介リクエスト！ 博奕のアンソロジー』という一冊で、執筆者は冲方丁《うぶかたとう》、軒上泊《けんじょうはく》、桜庭一樹《さくらばかずき》、梓崎優《しざきゆう》、法月綸太郎《のりづきりんたろう》、日高《ひだか》トモキチ、藤井太洋《ふじいたいよう》、星野智幸《ほしのともゆき》、山田正紀《やまだまさき》と自分自身という贅沢な顔ぶれだ）。要するに――どんな切り口で語ったとしても、宮内悠介の全体を語ることにはならない。そんな作家なのである。

しかしながら、だ。すべての道は宮内悠介に通じている。どの作品のどの断面に接しようとも、そこには確かに宮内悠介が息づいているのだ。出会えば魅了され、魅了されれば次を読みたくなる。そうして読み手は、宮内悠介という唯一無二の作家に一歩ずつ近付いていくことになり、その一歩ごとに陶酔を深めていくことになるのだ。

その幸せな道に足を踏み出すに際し、ミステリという判りやすい切り口を共通のものとしつつ、バリエーション豊かに著者の世界を堪能できる本書は、格好の宮内悠介入門書である。この本を手に取った己の選択を誇り、その幸せを、あらためて実感して戴ければ幸いである。

◉初出
青葉の盤　「ジャーロ」45号（2012年7月）
焔の盤　「ジャーロ」47号（2013年4月）
花急ぐ榧　「ジャーロ」49号（2013年12月）
月と太陽の盤　「ジャーロ」51号（2014年7月）
　「ジャーロ」52号（2014年12月）
深草少将　「ジャーロ」53号（2015年3月）
サンチャゴの浜辺　「ランティエ」2015年7月号

二〇一六年十一月　光文社刊

光文社文庫

月《つき》と太陽《たいよう》の盤《ばん》　碁盤師《ごばんし》・吉井利仙《よしいりせん》の事件簿《じけんぼ》
著　者　宮《みや》　内《うち》　悠《ゆう》　介《すけ》

2019年7月20日　初版1刷発行

発行者　鈴　木　広　和
印　刷　堀　内　印　刷
製　本　フォーネット社

発行所　株式会社　光　文　社
〒112-8011　東京都文京区音羽1-16-6
電話（03）5395-8149　編　集　部
8116　書籍販売部
8125　業　務　部

ISBN978-4-334-77873-6　Printed in Japan

組版　萩原印刷

光文社文庫　好評既刊

三毛猫ホームズの仮面劇場　新装版　赤川次郎
三毛猫ホームズの戦争と平和　赤川次郎
三毛猫ホームズの卒業論文　赤川次郎
三毛猫ホームズの降霊会　赤川次郎
三毛猫ホームズの危険な火遊び　赤川次郎
三毛猫ホームズの暗黒迷路　赤川次郎
三毛猫ホームズの茶話会　赤川次郎
三毛猫ホームズの十字路　赤川次郎
三毛猫ホームズの用心棒　赤川次郎
三毛猫ホームズは階段を上る　赤川次郎
三毛猫ホームズの夢紀行　赤川次郎
三毛猫ホームズの闇将軍　赤川次郎
三毛猫ホームズの回り舞台　赤川次郎
三毛猫ホームズの怪談　新装版　赤川次郎
三毛猫ホームズの狂死曲　新装版　赤川次郎
三毛猫ホームズの心中海岸　新装版　赤川次郎
三毛猫ホームズの夏　赤川次郎

三毛猫ホームズの秋　赤川次郎
三毛猫ホームズの冬　赤川次郎
三毛猫ホームズの春　赤川次郎
若草色のポシェット　赤川次郎
群青色のカンバス　赤川次郎
亜麻色のジャケット　赤川次郎
薄紫のウィークエンド　赤川次郎
琥珀色のダイアリー　赤川次郎
緋色のペンダント　赤川次郎
象牙色のクローゼット　赤川次郎
瑠璃色のステンドグラス　赤川次郎
暗黒のスタートライン　赤川次郎
小豆色のテーブル　赤川次郎
銀色のキーホルダー　赤川次郎
藤色のカクテルドレス　赤川次郎
うぐいす色の旅行鞄　赤川次郎
利休鼠のララバイ　赤川次郎